白沢戌亥
Illust. 福きつね
JN228448
山荘を買ったら、異世界の神域につながっていました
山暮らしを満喫していただけなのに、ちょっとグルメな神様専属料理人に認定されています

CHARACTERS
リュータ
田舎暮らしに憧れを
持つサラリーマン。
伯父の勧めで購入した山荘で、
不思議な出来事が
次々と起こり…。
ヴェータ
神域に突如現れた戦神。
リュータの料理を
とても気に入り、
他の神々たちにも
広めている。
セイカ
山荘でお腹を空かせて
倒れていた狐の神様。
力を失っていたが、
リュータの料理で
徐々に回復する。

キューウェル
社の前に墜落した
小型飛行機から現れた勇者。
リュータの料理を
怪しんでいたが…。
ツクヨ
セイカたちと敵対する魔神。
世界を脅威にさらす存在だと
恐れられているようだが…。
エレミア
神の声が聞こえる聖女。
リュータが神を
籠絡したとして、
社に押しかけてきた。

トロロソバひとつと、
キツネソバ…狐⁉
妾か⁉

山荘を買ったら、異世界の神域につながっていました

山暮らしを満喫していただけなのに、
ちょっとグルメな神様専属料理人に認定されています

白沢戌亥
Illust. 福きつね

目次

プロローグ

「――いいなぁ」

俺はパソコンのモニターに映る緑豊かな風景に、ぽつりと呟いた。

陽光が煌めく新緑の中に佇む丸太小屋と、その庭で駆け回る賢そうな犬。

建物の中ではがっしりとした体格の若い男性が料理を作りながら、爽やかな笑顔を浮かべている。

動画投稿サイトにアップされている、それなりに登録者数があるチャンネルの動画だ。丸太小屋という名の高級ログハウスの主人が愛犬と共に生活するという日常系動画で、あまり騒がしくないので食事時にちょうどいい。

「もぐもぐ……」

厨房に立つ男性がオーブンから取り出したのは、湯気の立つ茄子のラザニア。自家製のミートソースと案件で提供された高級チーズで作られたそれは、切り分けてお皿に載せると、とても美味しそうだった。

赤と白のコントラストは美しくもあり、同時に美味しそうという奇跡的なバランスだと思う。

そこにバジルの緑が加われば、もう完璧だ。

「むぐむぐ……ごくごく……」

俺はそれを見ながら、同じ材料の野菜で作った料理——茄子の揚げ浸しを咀嚼する。きちんと手間を掛けて作っただけあって、とても美味しい。

「美味しいけど……」

つまみとして作った少し味の濃い茄子の揚げ浸しはビールに合うけど、それだけではこの空虚な心は満たせない。

画面の向こうとこちらでは、あまりにも大きな差があった。

そもそも、俺にはあんな別荘はない。こうして動画を見るようになってから色々な不動産情報を見ているけど、ああした建物は思ったよりも高く、安い物件には街から遠いとか、非電化であるとか、熊出没地域であるとか、そもそもボロいとかの色々な理由があった。

ごく普通のサラリーマンであるところの俺には、とても手に負えそうもない。こうして動画で疑似的に体験するくらいがちょうどいいのかもしれない。

「……俺もこういうところでセカンドライフ送りたいなぁ」

思わず本音が漏れる。

俺はマウスを操作して、別の動画を開いた。

「おー、随分作業進んだなぁ」

今度の動画は、俗に言うＤＩＹ動画だ。

自分で自分の家を建てる。あるいは格安で購入した建物を修復して、自分好みの別荘にする。そんなコンセプトの動画のひとつで、何だかんだで一年以上も追い掛けている。最初は廃屋のようにしか見えなかった別荘だけど、今では普通に生活できるほどに修理されている。

今日はベランダを直すらしい。

「こんな感じで自分で修理するなら、多少は安くあがるんだろうけどなぁ」

実際、修理は必要だけど俺の貯金でも手が届きそうな物件はあった。

でも、休日に別荘の修理をして、平日は会社に行くとなるとかなり辛い。別にブラック企業勤めではないけど、暇な仕事ということもない。

当たり前のように残業があり、休日は疲れ切って昼過ぎまで寝ているような状況ではとても修理なんてできない。

「まあ、素人が修理してもだめだろうしなぁ」

世の中には建築基準法というものがある。家を修理するのに資格はいらないけど、好き勝手にしていいわけじゃない。とにもかくにも、俺の目指すセカンドライフには多種多様な問題が山積しているわけだ。

「うーん……」

ビールを飲み干し、スマホを開く。

ネットバンキングにアクセスし、自分の口座を確認した。

プロローグ

一番上に葛井隆太という俺の名前があり、口座番号、そして残高が記載されている。金額は二十代の会社員としては多い方だ。

これといった趣味もなく、日々の楽しみと言えば料理と動画視聴なので、お金は貯まっている。

でも、まともな家を買えるほどじゃない。

ならローンかと考えるけど、趣味で使う建物を買うのに不動産ローンを組むのもどうかと思う。

結婚して、財産としての家を建てるなら別だろうけど、所詮は趣味でしかない。仕事の兼ね合いもあるし、まさか本格的に移住するわけにもいかないからだ。

「……はぁ」

やっぱり、俺には動画くらいがちょうどいいのかもしれない。

そもそもセカンドライフを始める歳でもないし。

俺がそんな結論に至り、スマホをソファに放り投げようとしたちょうどそのとき、着信が入る。

「‼」

ちょうど指が画面に触れていたこともあって、相手を確認する前に電話に出てしまった。

「うわ……っ」

俺は慌ててスマホを耳に当てる。

向こうからはなにも聞こえてこない。

「……もしもし？」

『おお、隆太か！　なんか電話の向こうが騒がしかったからどうしたのかと思ったぞ』

電話の主は伯父だった。

父の兄で、父の実家のある地方都市で不動産屋をしている。上京する際に色々手助けしてもらった関係で、今も定期的に連絡を取り合う仲だ。

「ごめんごめん、ちょっとスマホ落としそうになって。――それで伯父さん、なにか用？」

『おう、実はな。俺の管理する物件の中に別荘地の建物があってな、お前よかったら買わないか？』

伯父の提案は思わぬものだった。

ただ、伯父にはセカンドライフというか、田舎でのんびり暮らしたいという希望を酒の席で話したことがあったから、それを覚えていてくれたんだろう。

「ありがとう、でも俺そんなに金ないよ。ローンを組むのもどうかと思うし……」

『いや、そんなに高い物件じゃない。ただ、色々曰く付きでな。責任負えない赤の他人に勧めるのもどうかと思ったんだ』

「なに？　事故物件？」

俺は思わず顔を顰めた。

別にホラーが苦手という訳でもないけど、そんなものを伯父が勧めてくるなんてという気持ちがあった。

気の良いおじさんだと思ったのになぁ。

『いやいや、可愛い甥っ子にそんなもの勧めるわけないだろ。そもそも今のご時世、事故物件なんてちょっと調べれば分かるんだ。そういうのは扱わないようにしてる』

「じゃあどうして曰く付きなんて言ったの？」

『事故物件とかじゃないんだけど、妙な言い伝えのある家でなぁ。なんでもその土地には昔から変な生き物の目撃例とかがあって、都市伝説みたいになってるんだ。その中心にある家なもんだから、まあ、扱いが面倒でな』

「なるほどねぇ」

伯父の説明で納得したわけじゃなかった。

ただ、そういう不思議な建物は案外多い。休みの日にぼーっと動画を流し見していると、そういう建物を探検するという企画がちらほらあった。

実際のところ、そういう動画はやらせというか、台本があって、エンタメとして楽しめるように作られているんだろうけど。

「うーん……」

俺は悩んだ。

世話になった伯父の勧めだから前向きに考えたいんだけど、曰くはともかく色々面倒なことがある。

「それってここから遠いよね」

『いや、近くに大きめの道が通ってるから、都内から車で二時間ってとこだな』

「二時間かぁ」

遠いことは遠いけど、遠すぎるということもない。

それに、都心から離れるとなればそれだけ自然も多くなる。

「建物はどんな感じ？」

『かなりガタが来てるけど、崩れるような状態でもない。ただ、ここ二十年くらいはまともに誰も住んでなかったから、手を入れる必要はあるな。ただ、設備に関しては何度かリフォームが入ってるから古くはないぞ』

まあ、それくらいは想定の範囲内だ。

ただ、実際にどれくらいの手入れが必要か分からないから、即答はできない。

「――とりあえず、建物を見てからでもいい？」

『お、いいのか？』

「まあ、その不思議な話ってのも気になるし」

『そういうことなら、ちょっとバイト代わりに建物の手入れをしてくれないか？　すぐに壊れることはないだろうけど、見えないところが傷んでるかもしれない』

「……まあ、それくらいならいいよ。お金も貯めたいし」

『おう！　じゃあそういうことで頼むわ！　修理の費用に関してはとりあえずこっちで持つから、よ。お前が買うってことになったら、その分上乗せするって形でどうだ？』

「それでいいよ」

それなら、少なくとも誰かが損をすることはない。

大きな買い物になるから、できるだけリスクは避けたい。

『じゃあ、今週末にでもさっそく事務所に来てくれ。鍵を渡すから』

「分かった。それじゃ」

俺は電話を切り、そのまま仰向けに倒れる。

天井の照明が眩しい。

「曰く付きかぁ」

俺が動画配信者だったら、そういうのもネタにするんだろうけど、生憎俺は口下手のフツメンだ。とてもそんなことはできない。

「……まぁ、将来の予行練習だと思えばいいか。バイト代も出るみたいだし」

身内の手伝いだから、実家の農作業とかそういうものと同じようなものだ。あまり気楽に考えすぎるのもどうかと思うけど、伯父なら気にしないだろう。

俺としては、将来自分でどこかの建物を修理するときの練習と思えばいい。

「さてと、それじゃあ参考になりそうな動画でも見ておくか」

俺は再び起き上がると、パソコンを操作して動画を探し始める。

昔から実家の手伝いでちょっとした大工仕事はしてきたけど、こういうときはちゃんと調べておかないとな。

第一章　曰く付き

伯父から鍵を受け取った俺は、さっそく車を走らせて件の物件へ向かった。

一度伯父の事務所に寄って、その物件のある山へと向かうこと一時間。

山の中にある閑静な別荘地——だった地域にその建物はあった。

「この辺りの建物はほとんど誰も住んでないのか……」

近くに幹線道路があるから、別荘地としては悪くない立地だったけど、そもそも別荘自体の需要が減ってしまったせいで、この辺りは売り別荘だらけになっていた。

いい加減な不動産会社が管理する物件はまるでお化け屋敷か廃墟かという有様で、一方、実際に人が使っている建物は幹線道路に近いごく一部に留まっている。

俺が向かっている物件は、別荘地の奥まったところにぽつんとある丸太小屋風の建物だった。

行き違いも大変そうな狭い道路を進み、細い電柱と電線だけが文明を感じさせるような風景がしばらく続いたあと、その建物が見えてきた。

三台分の駐車場は、生えた草で一台分が使えるだけだった。その一台分の駐車スペースに車を止めると、俺は荷物を手に外へ出る。

「おお……」

ドアを開けた瞬間に鼻をつく木と土の匂い。

鳥と風の音だけが聞こえてくる場所に、その建物がある。

「なんか、レストランみたいに見えるな」

建物はログハウス風で、屋根も傾いている様子はない。

枯れ葉が多少蓄積している様子はあるけど、最低限の管理はしていたようで、壁が腐っているとか、窓ガラスが割れているという様子もなかった。

あまり人が来ない場所にある空き物件は、その土地にいる問題児たちの溜まり場になっていることもある。まあ、伯父が手に入れた物件なのだからそういう心配はしていなかったけど、思った以上にしっかりとした様子でひと安心だ。

「うん、玄関前の階段も崩れてない。でも、中が腐ってる可能性もあるらしいし、慎重に……っと」

玄関に通じる階段は、やっぱりというか、建物の雰囲気にぴったりの頑丈そうな木製の代物だった。

俺はそれを一歩一歩、足の裏の感触を確かめながら登っていく。

でも、足の裏に腐った木材特有の柔らかな感触はなく、俺は玄関前まで進むことができた。

俺はポケットから鍵を取り出すと、それを鍵穴に入れ、回した。

がちゃんという大きな金属音が響き、鍵が開く。

「────お邪魔しまーす」

俺はそっと扉を開け、建物の玄関に足を踏み入れる。

埃っぽい空気が充満して、少しだけかび臭い。

でも、なにかが腐ったような生臭さも、苔のような匂いもない。

雨漏りをして家の中が水浸しになってそのまま────という酷い有様にもなっていないようだ。

「ふーむ」

俺はリビングらしい広い部屋に入ると、ぐるりと部屋を見回す。

シンプルなカーテンは日光が入り込んで内装が傷まないように伯父が取り付けたものらしい。

薄くて最低限の機能しかないような安物だから、もしもここを使うというならきちんとしたものを買わないといけない。

「……こっちが台所かな」

リビングの隣にある台所は伯父の話にあったリフォームの対象だったらしく、台所というよりもキッチンという言葉がぴったりな造りだった。

対面型のそれは広々としていて、リビングを一望できる。

電源が入っていない大型の冷蔵庫が備え付けられていて、オーブンや食器洗い機もついていた。

最近は性別に関係なく料理をするひとが多いから、こういう設備は売りになる。

「結構いい感じの設備じゃないか。しかも、あんまり使われてないし」

三口のガスコンロは、油汚れがこびり付いているようなこともない。ハウスクリーニングをしていたとしても、ここまで生活感を消せるものなのか。

俺はこの家が、ほとんど住人を迎えたことがないのではと思い始めていた。

「……曰く付きってことだし、ありえなくもないか」

そう呟くと、途端に建物の中に『なにか』が居るような気がしてくる。

当然、そんなことはありえないのだけど、これまでずっと閉め切られて淀んだ空気が、さらに雰囲気を高めてくる。

「よし、換気だ」

俺はリビングを出ると、廊下にある納戸の扉を開けて、そこにある配電盤のブレーカーを上げた。

ぶぅんという冷蔵庫の動作音が聞こえてきて、それだけで一気に生活空間らしさが出る。

「ふぅ〜〜……」

安堵の息が漏れる。

さらに他の電化製品にも通電したのか、電子音やモーター音、コンプレッサーが空気を圧縮する音が建物のあちこちから聞こえてくる。普通の家にあるようなものは一通り揃っているらしい。

「とりあえず、掃除から始めるか」

まだ修理箇所は見つかっていない。

でも、伯父の話ではあちこちが傷んでいて、修理が必要なのは間違いないらしい。

ただ、電化製品が使えることはありがたい。

俺はとりあえず車に戻り、途中のスーパーで買ってきた食料を冷蔵庫に収めることにした。

腹が減っては仕事はできないのだ。

◇◇◇

建物自体は、やっぱりというかあまり大きな問題はなかった。

ただ、雨樋とか、ベランダとか、そうした風雨に晒される周囲の構造物はほとんどが傷んでいて修理を必要としている。

俺は家の周りをぐるりと確認し、修理が必要なところをメモすると同じ内容を伯父に送った。

『分かった。雨樋とかの手配はしておく。今日のところは他のところを直しておいてくれ』

伯父からのメッセージは簡潔だった。

不動産屋は週末でも休みがない。きっと仕事中なのだろう。

「さてと、それじゃあ仕事を始めるかぁ！」

俺は自分に気合を入れ、仕事に取りかかる。

まずは基本的なライフラインだ。

「まずは水道とか電気だな。電線に木の枝とか引っ掛かってなけりゃいいけど」

俺は家の外に出ると、まずは電柱から建物に敷かれている電線を見上げる。

周囲には大きな樹が何本も生えているから、電線と木の枝が擦れないように、電線に近い枝は切り落としておく。

風で枝や電線が揺れて擦れ合い、電線の被覆が摩耗した結果、電気を通す銅線が剥き出しになることがある。

こうなると感電だとか、火災の原因になってしまう。

いつでも人がいれば気づけるんだろうけど、別荘地だとそうはいかない。強い風で枝が折れてしまい、電線に接触するようになるなんてこともある。

とにかく、たかが木の枝と侮らないことが大切だ。

「電線は大丈夫そうだな」

俺が確認したところ、電線まわりの木の枝はきちんと切り落とされていた。

続いて、水道管を確認する。

別荘地によっては水道管が敷設されていないところもあるらしいけど、ここにはきちんと水道管が上下水ともに敷設されていた。

排水枡の蓋を開けてみると、悪臭はあるけど詰まりはなさそうだ。

ただ、これについては定期的に掃除をしてもらうようにしようと思う。街中と違っていつでも異常に気づける訳じゃないし、冬場に溢れて凍り付いたらとんでもないことになる。

「さてと、あとはガスだけど……」

建物の裏手に回る。

そこにはプロパンガスが設置してあった。元栓を開けるとぷしゅという小さな音が聞こえる。メーターに異常を示す表示はない。メーターなんかは定期的に交換されているだろうし、不思議ではなかった。

「……いやぁ、日本のライフライン維持は優秀だわ」

電気ガス水道、あと通信関連の仕事をしている人たちには頭が下がる。

どれかひとつなくなっても、生活は一気に苦しくなるだろう。

まあ、普通に暮らしていたら、そんなことは起きないけどな。

「とりあえず、掃除するか」

俺は家の周りの掃除を始める。

草刈りは後回しでいいとして、とにかく生活感を出して廃屋と間違われないようにしたい。

廃屋に落書きをしようとする問題児はどこにでもいる。そういう連中は、人が住んでいる雰囲気があれば手を出さない。

「しっかし、曰く付きっていうわりにはそういう気配ないよなぁ」

俺は箒掛けをしながら、建物の周囲を窺う。

別荘地として整備された森が周囲に広がっていて、秘境という感じはない。少し車を走らせれば街があり、道の駅がある。

「うーん……」

俺は伯父から話をもらったとき、少しだけ期待していた。

鬱蒼とした山の中、廃墟じみた、崩れかけの建物があって、それを文句を言いつつも自分の手で立て直す妄想をしていた。

でも、実際に現場に来てみれば、そこにあったのは少し薄汚れてはいたけどしっかりとした建物で、電気もガスも水道も通っている。

「……あとインターネットもだな」

スマホを取り出し、アンテナを見る。

きちんと三本立っていた。

「そういえば、建物にもインターネット敷いてあるって言ってたな」

別荘として作ったのだから当然だと言われればその通り。

でも、ねえ、期待はしてしまうよ。

「――はぁ」

俺はため息を吐きながら、箒を振るい続ける。

駐車場を掃き終わり、集めたものを大きなゴミ袋に詰めると、それを車のトランクに押し込んだ。

伯父の会社の社用車だけど、古くて誰も使っていないから、俺がこの建物に来るときは勝手に使って良いと鍵を貸してくれた。ザ・営業車という感じの見た目で、トランクが広い。

その気になれば手足を伸ばして車中泊もできる大きさだ。

道具を色々詰めてきたけど、まだ中に余裕がある。営業マンたちの戦友だけあって、使い勝手もいい。都内で働いていると、あまり車を運転する機会がないから、運転しやすいのは助かる。

「さて、ざっと掃除は終わったし、とりあえず、メシだな」

俺は日が暮れる前にある程度の仕事が終わったことに安堵し、食事の準備を始める。

台所が使えるかどうか分からなかったから、おにぎりとおかずを作って持ってきていた。電子レンジで軽くそれを温めると、湧かしたお湯でお茶を淹れて夕食の出来上がりだ。

鮭とたらこと鶏そぼろのおにぎりに、野菜の煮物と漬物。朝昼晩のどの時間に食べても安定した美味しさのメニューだ。

うんうん、自分で作った料理とはいえ、それを目の前にするとわくわくするなぁ。

「いただきます」

両手を合わせ、ひと言。癖になっている一連の動作だ。

『…………』

「ん？」

でも、今日は少しだけ違和感があった。

手を合わせて一礼した瞬間、誰かの声が聞こえたような気がした。

「防災放送とかか？」

俺はしばらく耳を澄ませたけど、なにも聞こえない。

遠くの防災放送が聞こえてきたんだろうと結論付け、もしゃもしゃと夕食を頬張る。

手作りのおにぎりとおかずは、温め直したことで冷たいまま食べるよりもかなりマシな味になっていた。独身男のお金の掛からない趣味として、多少の料理の心得はある。

おにぎりの具は全部違うし、小さな弁当箱に入ったおかずもやや茶色いがバランスが取れている。

我ながら手堅いメニューだと自画自賛したいところだ。

（ま、他人に見せることも、振る舞うこともないけどな）

現代人らしいといえばその通りで、俺にはこれといって深い繋がりのある友人はいない。

スマホには何人もの友人の名前があって、たまにメッセージのやりとりをするけど、実際に会うほどの相手はいない。

大学の友人は同じように社会人として世間の荒波に揉まれていてとても会える状態じゃないし、それ以前の高校時代や中学時代の友人とは同窓会でもなければ会わない。

もっとコミュ力があればスケジュールが埋まるくらい友達付き合いができたのかもしれないけど、俺はひとりの時間を楽しめる性格で、それで満足できる。

「……もしかしたら、セカンドライフってのは逃避なのかねぇ」

緑豊かな山の中で、悠々自適に暮らす。

それは社会の喧噪や仕事のせわしなさの中で癒やしを求める現代人のひとつの欲求だけど、それだって現実からの逃避が目的といえなくもない。

「そこまで病んでるつもりはないんだけど、うーん……」

料理も晩酌も好きだ。

でも、それだって仕事のあとの癒やしを求めているのかもしれない。

じゃあ、自分は逃げる場所を求めて仕事をしているということになるのだろうか。

「――いやいや、そんな訳ないだろ」

俺は首を振る。

せっかく伯父から面白い話をもらったのに、妙なことを考えるのはつまらない。

俺は手早く弁当箱を片付けると、シャワーを浴びて寝床に入る。シャワーは少しだけ錆が出てきたけど、やっぱり大きな問題はなかった。そもそも普通の水道水だしな。

「明日はもう少し細かい所を見て回るか」

俺はリビングに敷いたマットの上で、寝袋にくるまっている。寝室にはベッドもあったけど、マットレスはなかった。持ってきた寝袋用のマットでは当然ベッドのサイズには合わないし、まだ寝室は埃だらけで寝られるような状態でもなかった。

「地下の倉庫はいいとして、いくつか電灯がダメになってたから、そっちは交換だな。あとは水道周りの水漏れを写真に撮って、伯父さんに伝えて……」

週末の一泊二日ではそれほど多くの作業はできない。

今回は細かな部分を直して、次の機会になにを持ってくればいいか調べることが最優先だ。

電気や水道、ガスは修理に資格が必要だから、写真を撮って伯父に送っておく。どこが壊れているか分かれば、伯父の方で専門業者を手配することになっていた。

「……あとは、ええと……ふあぁぁ……」

色々考えていると、眠気が襲ってくる。

何だかんだで建物じゅうの掃除をして、扉の建て付けなんかの修理もしたから体が疲れ切っていた。

「ん……」

これ以上は考えごともできそうにない。

俺はスマホのタイマーをセットして近くのテーブルに置くと、寝袋に引っ込んで目を閉じる。

眠りはすぐにやってきた。

◇　◇　◇

『……！　……‼』

なにかが聞こえる。

切羽詰まったような、悲鳴のような、高い声――女の子の声？

「‼」

俺はばっと目を開け、そのまま飛び起きる。

暗いままの部屋、寝入ってからどれくらいの時間が経ったのかは分からない。ただ、先ほどまで聞こえていた声は、夢や幻の類ではなかった。

「いったいなんなんだ？」

俺は寝袋から出ると、スマホを手に取り、部屋の電気を点けてリビングを見回す。

『……‼』

「こっちか！」

また声が聞こえた。

俺はリビングを出て廊下に、そしてそこでもまた声が聞こえ、地下室への扉へと辿り着く。

「ここか？」

地下室はここにきたときに一度確認してある。

中には家具やらなにやらが詰め込まれていて、さらに電灯も壊れていて点かない。そんな状況だと整理するだけでも大仕事になりそうだから、雨漏りなどがないかだけを確認して後回しにした。

でも、それが失敗だったという事だろうか。

「まさか、誰か閉じ込められてるわけじゃないだろうな」

俺はぞっとした。

空き家に人を監禁するのは、理屈としては分かる。

でも、まさか自分の周りでそんな事件が起きるなんて考えたこともなかったし、今だって考えたくない。

「冗談はやめてくれよ……」

俺は心底嫌そうな表情をしていると思う。

自分でも自覚があるくらいに顔を顰めた俺は、スマホのライトを点けて地下への階段を降りていく。

ぎしぎしという音が耳障りでしょうがない。

でも、それ以上に気になることがある。

「なんだ？　妙な気配がするような……」

気配としかいいようのないなにかが、俺の体に絡み付く。

昼間は感じなかったそれが、俺の体を重くする。

「……これが曰くの正体とかか？」

ここが事故物件もどきだということを思い出し、俺は背筋を震わせた。

（いや、まさか……）

ホラーは苦手じゃないけど、得意でもない。

お化け屋敷とかも興味がなかった。

（こんなことなら、お祓いの方法でも調べておけばよかった）

曰く付きの物件に行くのだから、そうした準備もしておけばよかったのだ。

なのに伯父の言葉を信じてなにも持ってきていない。持ってきたところで意味があったかは分からないけど、少なくとも安心できただろう。

「うう……」

俺は一歩一歩、階段を降りていく。

地下室は半地下で、天井付近に外が見える窓がある構造だ。

地下室の扉を開けたとき、その窓からほんのりと月明かりが差し込んでいた。ただ、その光はあまりにも弱々しくて、広い地下室はほとんど闇に沈んでいる。

「……頼むぞ、少なくとも生きた人間であってくれよ」

最悪の事態を考えながら、俺は小さなスマホライトを頼りに進む。

『……ッ‼』

さらに声が大きくなる。

でも、その声に俺は違和感を覚えた。

「この声、日本語じゃない？」

そう、聞こえてくる声は日本語じゃなかった。

じゃあ日頃耳にする機会の多い英語か、中国語かといわれると、それも違う。日常生活を送っていればその他のいくつかの外国語に触れることがあるけど、そのどれとも違った。

「いったいどこからだ？」

俺はライトを左右に振り、声が聞こえてくる方角に進んでいく。

荷物のせいで狭くなった通路を進み、声がどんどん大きくなる。

「おい……」

そして、俺は声が聞こえてくる場所に辿り着いた。

「ここ、壁だぞ」

俺の顔は真っ青になっていたと思う。

（まさか、壁の中に……）

ホラーというよりもサスペンスというのが正しい状況になってきた。

俺の目の前には、天井だとか床に使う板状の木材が立て掛けてある。その向こうは地下室の壁だ。少なくとも、人が閉じ込められるような空間はない。

「……ッ‼」

俺は目を閉じ、意を決して板材を横にどかす。

壁に妙なシミでもあったらどうしようか――――そんな風に思いながら目を開ける。

「……扉？」

そこにあったのは、どこか異国風の扉だった。

何というか、普通の扉とも違って強い異物感がある。場違い感とでもいえばいいのだろうか。

そこにあってはいけないもののように思えた。

「え？　地下室に入り口なんてあったか？」

昼間、建物の外周を見て回ったとき、地下室へ通じる階段なり通路なり、そうしたものはなかった。

地下に行くためには、一度建物の中に入る必要がある構造だ。

だから、こんな場所に扉があるのはおかしい。

「……立て掛けてある、わけじゃないな」

もしかしたらどこかの扉を修理した結果、外した扉を仕舞ってあるのかと思い、扉そのものを持ち上げようとしたけど、しっかりと壁に埋め込まれている。

「どうするよ、おい」

俺は途方に暮れた。

明らかにおかしな扉だ。昼間、明るくなってから調べ直した方が良い。

そんなのは明らかだ。明らかなんだけど――

『‼　ッ‼』

その扉の向こうから聞こえる声が、それを許さない。

あまりにも必死すぎる声に、ここで背を向けたらとんでもないことになってしまうのではないかとさえ思える。そしてもうひとつ、気になることがあった。

「……向こう側、少し明るくないか？」

扉の隙間から、光が漏れている。

あまり強い光ではないけど――いや、待て。

『‼　……‼　――‼』

声に合わせて、光が強くなっている。

この声の主が、光と関係あるということだろうか。

「……くそっ、こうなりゃ行くしかないじゃないか」

扉の向こうがどうなっているかなんて分からない。

でも、こうやって聞こえてしまった以上、無視するなんてできない。

仮に最悪の状況だったとしたら、伯父に事情を話す必要もある。あらゆる点で、俺は進むしかない。

「ええいっ！　どうなっても知らないぞ！」

俺は一気に扉を開け――

「うおッ⁉」

光に飲み込まれた。

第二章　異世界付き物件

「う……」

なんだか頭が痛い。

ズキズキして、締め付けられるような感じがある。

「くそ、飲み過ぎたか？」

二日酔いに似た症状があったせいで、俺は自分が酒の飲み過ぎでぶっ倒れたと思い込んでしまった。

でも、すぐに気絶までの状況を思い出す。

「――‼　違うっ！　俺は……ッ‼」

慌てて周囲を見回す。

そこには地下らしい薄暗い空間が広がっていた。

あのよく分からない扉を潜る前までいた、あの地下室――じゃない。

「ここ、どこだ？」

雰囲気は似ている。広さも似たようなものだ。

でも、違う。

ここは、あの建物の地下室じゃない。

よく似た、別の地下室だった。

「外、外はどうなってる？」

俺は立ち上がり、ふらふらと地下から出るための扉を探す。

幸いなことに、地上へと通じる階段はあの建物と同じ場所にあった。

まるで鏡合わせのように真逆の位置ではあったけど、俺は迷うことなく地上へ通じるはずの階段に足を掛けた。

「うおッ⁉」

そして、ぎしっという大きな音に驚いて、思わず足を上げてしまった。

降りてくるときに使った階段は、こんな大きな音はしなかった。よく見てみると、階段の木材が腐りかけている。

朽ち果てるほどひどくはないけど、人の体重を支えられるかどうかは分からない。でも、地上への通路はこの階段だけだ。

「慎重にいくしかないか」

俺はゆっくりと、階段の強度を確かめながら着実に進んでいく。

何度も足を止める羽目になったけど、とりあえず階段の最上部までは辿り着けた。でも、そこでも問題があった。

「……崩れてる」

そう、扉のあるはずの場所は、崩れ去っていた。

扉だった木材が積み重なっていて、外が見えない。

でも、手で押すと木材は簡単に持ち上がった。重さはそれほどのものではないみたいだ。

「これなら、持ち上がるか……」

これまた慎重に木材を持ち上げていく。

すると、ようやく外が見えた。より正確に言えば、地上階だ。

「廃墟じゃないか……」

扉の残骸を押し退けて階段から出ると、そこは廃墟の中だった。

扉は朽ちたのではなく、壊れて階段側に倒れ込んでいたようだ。

「……似てるな、あの建物に」

俺はその建物が、あの物件に似た間取りだと気づいた。

まったく同じではないけど、廊下の雰囲気とか、使われている木材が似ている。良くある建売住宅のように、同じ設計図を使って、客の要望に合わせてカスタマイズしたら、これくらい似た建物ができあがるんじゃないだろうか。

「さて、どうしたもんか……」

俺は途方に暮れた。

先ほどまで聞こえていた声はもう聞こえない。

地下から別の建物に繋がっているなんて伯父は言っていなかったし、そもそもあの光がなんだったのかも分からない。

「くそっ」

俺は頭を乱暴に掻き毟る。

もう帰ってもいいのかもしれない。

でも、あの声の主は見つかっていないんだ。あんな風に必死に、まるで助けを求めるかのような声で俺を呼んでいた。

その相手が見つかっていないのに、帰っていいのか。

「……いいわけないいんだよなぁ」

俺はため息を吐く。

別に善人を気取るわけじゃないけど、助けを求められたのに無視して気分が悪くなるのも嫌だ。

俺は仕方なく、廃墟の中を進み始める。

「本当に似てるな。でも、こっちのほうが広そうだ」

ぶつぶつと独り言を口にしながら、俺は廊下を進む。

所々木材が朽ちていて、穴が空いている。

そこに足を取られそうになったことが何回もあったけど、それを無視して進んでいくと、向こうの建物ではリビングだったはずの場所に出た。

「なにも、ないか」

俺はそこでもなにも見つけられず、そのまま外に出ようとした。

そのとき、視界の端に白い何かがちらりと見えた。

「ん？」

俺はもう一度リビングらしい部屋に目を向ける。

そして目を凝らし、端の方をじっと見詰めた。

「……？」

白いものは、布だった。

床に落ちている白い布。テーブルクロスか、カーテンか、そんな感じのものが床に落ちている。

でも、違和感がある。

「白い」

白すぎる。

建物の中は埃だらけで薄汚れているのに、その布だけは真っ白だった。

暗い室内で、浮かび上がっているように見える。

「…………」

俺はその白い布に向かって歩き出した。

リビングらしい広間は薄暗い。

窓には外から板が打ち付けられているのか、隙間から光が漏れている。その光を頼りに進み、
俺は家具の残骸を回り込む。

そして、俺は見つけた。

「うおッ!?　人ぉっ!?」

びっくーんと盛大にビビり散らかした俺は、思わずその場で跳びはねた。目の前の光景には
それだけのインパクトがあった。

だって、人が倒れてるんだ。

「お、おい！」

俺は慌ててその人に駆け寄る。

「え？　子ども？」

その言葉通り、倒れていたのは子どもだった。

十代前半から半ばくらいだろうか。

白い上着と赤いスカートらしきものを着た明るい茶髪の女の子。

頭に狐っぽい耳のカチューシャを被っていて、苦しそうに呼吸をしている。

「おい！　大丈夫か！」

一瞬、不審者情報という単語が脳裏を過った。

ＳＮＳ上で燃える自分も考えた。

でも、それはあとで考えることにする。目の前の女の子は、明らかに普通の状態じゃない。

「……あ……う……」

「大丈夫か！　君！」

俺は彼女を抱え、揺さぶる。

そこでようやく、彼女が纏っている服が、どこか巫女服のようなデザインだと気づく。

巫女服にしてはだいぶ洋風だけど、色合いなんかはそのままだ。

洋風アレンジの巫女服とでもいえばいいのかもしれない。

（コスプレ写真でも撮りにきて倒れたのか）

廃墟での撮影はＳＮＳでよく見る。

サブカルに詳しくなくても、どこかでそうした写真を見たことがある人は多いだろう。廃墟風にした建物を撮影スタジオとして提供している会社もあるくらいだ。

だから俺も、この子はコスプレイヤーか何かだと思った。奇抜な服装も、コスプレ衣装だと思えば違和感はない。

「うう……」

女の子の口が震える。

そして、ゆっくりとその目が開かれ、綺麗なエメラルドの瞳が俺の前に現れた。

「…………」

俺は呆然としてしまった。

女の子の目に引き込まれ、呼吸さえ忘れてしまう。

（綺麗だ）

それは素直な感想だった。

自分の美的感覚に合致した絵や彫刻、風景を見たときに心を占める感動。それと似たものが俺の中を満たしていく。

満たして、満たされて、それが口から零れた。

「……綺麗だ」

先ほどの心の言葉と同じ羅列。

語彙力がないといえばその通り。でも、感動なんてそんなものだと思う。

「……ふえ？」

でも、俺の言葉を聞いた女の子の反応は違った。

困惑している。

俺はその様子に慌てた。セクハラじみたことをしてしまった自覚がある。

「ご、ごめん！　思わず本音が……」

「本音……本音なんじゃな？」

女の子の口から、やや時代がかったセリフが出る。

そういうキャラのコスプレなのかなと思ったけど、とりあえず怒らせないように頷いた。

「そうか、そうかぁ」

女の子はどこか満足そうに微笑み、何度も頷いた。

その言葉に合わせて付け耳が動く。

「……え？」

付け耳、だよな。

俺は思わずその耳に手を伸ばした。

もみもみもみ。

「ひぎゃぁぁあぁっ⁉」

あたたかく、柔らかで、ふわふわした感触。

それを堪能した次の瞬間、俺は悲鳴で吹き飛ばされた。

そう、比喩ではなく、本当に吹き飛ばされていた。

「いだぁっ⁉」

近くの壁に頭を強打した俺は、その場にうずくまる。

俺を吹き飛ばした女の子は、俺に触られた耳に手を当て、真っ赤になっていた。

「お、お主、いきなり……先ほどの言葉といい……わ、わらわを娶ると、そういうことなのかッ!? そういうことなんじゃな!?」

すごいことを言っている気がするけど、俺はその言葉の半分も聞こえていない。まだ埃だらけの床でのたうち回っている。

「おお……おおおおおお……」

痛みで呻く俺。

女の子はそこでようやく俺の状態に気づいたらしく、慌てて近付いてきた。

「だ、大丈夫か？ すまぬ、久しぶりに力を使ったものだから、加減ができんかった……」

「いや……おれも……せくはらしたし……」

「せくはら？ なんじゃ、お主の国では求婚をせくはらというのか？」

「いや、求婚はプロポーズって言葉で……じゃない！」

「きゃあっ‼」

がばりと起き上がる俺と、俺の変貌ぶりに悲鳴を上げる女の子。

俺はまた女の子を怖がらせてしまったかと慌てたが、今回は大丈夫だったようだ。

「と、とにかく無事ならよい。妾の声を聞いて訪ねてくれただけでも……たすか……」

喋りながら、女の子の体が傾いていく。

そして彼女は、そのまま床に倒れた。

「おいおいおい！　大丈夫じゃないのはそっちだろ！」

俺は慌てて女の子を抱え起こす。

彼女は弱々しい微笑みを浮かべ、まるで最期の言葉を口にするかのような厳かな雰囲気の中で、言った。

「――――腹減ったのじゃ」

◇◇◇

「セイカ、ねぇ」

「うむ！　お主は恩人じゃ、セイカ様ではなくセイカと呼んでいいぞ！　しかし美味いのう、このコメとやらは！」

俺と女の子――セイカは建物の外で朝食をとっていた。

建物の中は瓦礫と埃ばかりで、とても食事ができるような環境じゃなかった。だから玄関だと思われる扉の残骸から出たところで、食事をしている。

建物の外も、向こうと同じような森だった。ただ、こちらには電線も、駐車場もない。あったのは、草に浸食されて獣道のような細さになった砂利道だけだ。

「うまい、うまいぞぉ！」

俺が地下室から通じる向こうの建物から持ってきた朝食用の白米。キャンプ道具のコンロを使って炊いたそれを、セイカはがつがつという音が聞こえてくるような勢いで平らげていく。

「むむっ、この魚もよい塩加減じゃ！　さぞ腕の良い料理人が作ったんじゃろうな」

「いや、それ塩振って焼いただけの鮭だから」

「鮭!?　おお、まさかこのような奥地で鮭を口にできるとは……さすが神の半身たらんとするものは、供物も最高級じゃな」

幸せそうに焼き鮭を頬張るセイカ。

ぱたぱたと忙しなく動く耳と、狐のような尻尾が俺の目を引く。

「────尻尾だぁ」

そう、尻尾。

紛うことなき尻尾。

作り物ではありえないリアルな動きと、人を魅了して止まないふわふわ感溢れる尻尾。

「なんじゃ？　妾の尻尾になにかついとるか？」

セイカは俺の視線に気づいて、自分の尻尾を振り返る。

ゆらゆらと尻尾を揺らして、なにかゴミでもついているのかと確かめている。

「いや、そういう訳じゃなくて……」

俺はそこで、どう答えるべきか悩んだ。

俺はすでに一度、セクハラじみたことを口にしてしまった。それが本心からの賛辞であったとしても、相手がそう受け止めるかどうか分からないものは口にすべきではない。

それが社会人としてのマナーだ。

（なら……）

俺は考えた結果、少しだけ回り道をした感想を述べた。

「いや、まるで春の太陽のような、人を包み込む温かさを感じる尻尾だなぁと思っただけだよ」

「――――そ、そうか」

俺の言葉を聞いたセイカが頬を染め、頬張る直前だった白米をプラ製の茶碗に戻す。そして先ほどよりも小さく箸に乗せ直し、やはりこちらも小さく開いた口に入れた。

飢えた高校生のように食事を貪っていたと思ったら、今度は良家のお嬢様のような所作だ。

俺はそのギャップに困惑しつつも、セイカになぜあそこに倒れていたのかを訊いた。

「う、うむ、お主には伝えねばな」

セイカは俺を何度か見ては視線を逸らすということを繰り返したあと、意を決して、俺の目をまっすぐ見詰めながら言った。

「――妾は消滅直前だったのじゃ」

「消滅？」

えらく物騒な単語が聞こえ、俺は思わず聞き返した。

「うむ、消滅じゃ。信仰で生きることを選んだ神が、信仰を失えば消滅するのは当然のこと。妾も数多の神々と同じように消滅するところであった」

セイカは寂しそうに、森に目を向ける。

「それも良いかと思ったんじゃ。ここには良い思い出もある。民たちとの思い出を噛み締めながら、そろそろ消える頃かと思っていたところ、急に声が聞こえたのじゃ」

「声？」

「うむ、お主の声じゃ、リュータ。『いただきます』という、他者への感謝の言葉。命への信仰の言葉。世界を超えた先とはいえ、神域で捧げられたその言葉によって、妾はほんの少しだけ力を取り戻した」

今、何気にとんでもない事を言っていた気がする。

具体的には、世界を超えたとか。

「きっとお主には、妾の半身、神の伴侶たる才能があったのじゃろう。だからこそ、お主の祈りは世界を超えて妾に届いた。――――本当に感謝しておる」

「そ、そうですか」

「うむ、神の感謝じゃ。ありがたく受けるが良い。とにかく、そうして力を取り戻した妾は、お主を呼び寄せるために最後の力を振り絞った。弱っていたせいであまり大きな声も届けられず、大きな転位門も用意できなんだ」

「転位門っていうのか、あの扉……」

セイカの言葉を素直に受け取るなら、あの扉は世界を超える門だったということになる。

うーん、ファンタジー。

でも、目の前にキツネ耳とキツネ尻尾を生やした女の子がいるんだから、今さらかもしれない。

（この光景自体が現実逃避の先みたいなもんなのに、これ以上どこに逃避すればいいんだよ）

俺はとりあえず、現実を現実として受け止めることにした。

逃避したい気持ちはあるけど、少なくともセイカは悪い子じゃない。そんなに躍起になって逃げ出したいと思うほどの現実でもなかった。

「とにかく、妾は力を取り戻した。ごく一部だけじゃがな」

「そうか、それならよかった。じゃあ、俺は帰るよ」

「ぬぁっ!?」

俺が立ち上がると、セイカは慌てている様子だった。

「か、帰る？　何故じゃ？」

あわあわという様子で両手を上げては下げ、下げては上げを繰り返している。

尻尾も耳も忙しなく動き回っていて、セイカの内心の動揺をしっかりと表現しているようだった。というか、なんでそんなに慌ててるんだよ。

「だってそりゃ、俺の家はあっちの世界だし……もしかしてあの門って使用制限あったりする？」

一度向こうに戻ってみたとき色々試したけど、特に問題はなさそうだった。

ただ、アレがセイカの力で作られたものだとするなら、俺が知らない秘密があるのかもしれない。

「……そ、そのようなことはない。妾が生きている限り、あの門はきちんと開いたままじゃ。神樹で作ったものじゃし、ほとんど力の消費もない」

「なら……」

「そ、そんなに帰りたいのか？」

セイカが俺を見上げてくる。

その目が揺れているのが分かった。泣きそうだ。耳も尻尾も力を失って垂れている。

「いや、でも……」

泣きそうだからって、何ができる訳でもない。

俺には向こうでの生活があるし、それを捨てることはできないんだ。

「妾が弱い神だから、離縁するということか？」

「離縁って……」

どうもセイカの中では俺はプロポーズをしたことになっているらしい。何度も否定しようとしたのだけど、神への言葉は取り消せないと聞かなかった。

まあ、そのあたりは本人も我が侭だと分かっているみたいだし、その内諦めるだろう。

「まあ、急ぐ必要もないか……」

そう言って俺は座り直す。セイカがぱっと表情を明るくして、俺にすり寄ってきた。耳がぴんと立ち、尻尾が楽しそうに揺れる。

「そういえば神様って他にもいるのか？」

聞きたいことは山のようにあるけど、とりあえず当たり障りのないことから聞くことにする。少なくとも本人が神を名乗っているのだから、神とやらについて聞くのがいいだろう。

「神と名乗るものはごまんといるぞ。ただ、その中で実際に力を持つ者はさほど多くない。神族の中で信仰を糧に生きることを選んだものが、人々に至高神と呼ばれる者たちじゃ。ただ、信仰を糧にするということは、信仰されれば強い力を手に入れられるが、信仰されねば滅ぶしかない。高みに至った神とて、所詮はその程度よ」

おそらく至高神というのが、俺の知る神様なのだろう。

そしてその神様になれる種族が神族。

「神族のままだと何か不都合があるのか？」

「そうじゃな、一番の不都合は命に限りがあることじゃろう。エルフと同じ程度には生きるが、老いも衰えもする。常に若いままのエルフに劣等感を抱く者も少なくない。あとは単純に、扱える力が限られておる。体という器には限界があるからの」

どこか得意気に話すセイカに、俺は思わず笑みを浮かべる。

テストでいい点数を取ったとか、徒競走で一番を取ったとか、そういう風に自分のすごさを自慢する子どものように見えたからだ。

「……む、なにかおかしいか？」

その笑いが気になったのか、セイカは不思議そうな、それでいて不満そうな表情になる。

「――いや、羨ましいなと思っただけさ。そういう風に、明確に違う道を選べるんだなって」

「……選んだ結果が消滅でもか？」

「死に方を選べるんだから、それも悪いことじゃないんじゃないかな」

勝手なことを言っている自覚はあった。

でも、完全に同じ種族の中で延々と生き続けることに疲れるときもある。

（やっぱり、俺は逃げたかったのかな）

ぼんやりと空を見上げる。

うっすらと、大きさの違う複数の月が浮かんでいるのが見えた。

「……月がたくさんある」

「ん？　月はたくさんあるものじゃろう？　神々が競争するように浮かべたからのぅ。まあ、妾は月を作るほどの神にはなれなかったが」

「なるほど、そういう世界かぁ」

とりあえず、ファンタジーな世界なのは理解できた。

さっきエルフなんて名前も出てきたし、俺の常識は通じないと思った方が良さそうだ。

「人間もいるんだよな？」

「うむ、数が一番多い種族じゃな。元々はいなかったが、色んな種族が混じり合って子を成し、それがまた子を成し、いつの間にか、どの種族でもない『間』の種族が増えてのう。それをはざまのひと、人間と呼ぶようになった」

「この世界の人間は、混血の結果か……」

そこもファンタジーか。学者とかがこの世界に来たら、きっとぶっ倒れるだろうなぁ。

まあ、俺からすれば、そういう世界もあるんだろう程度の認識だ。

「それで、お主の世界はどんなところなのじゃ？　美味いモノがあるのは分かっておるが、妾のような神はおるのか？」

「うーん、俺は会ったことないけど、会ったことがあるっていう人も居るって感じかな」

「そうなのか、人見知りの神なのかのう。それで信仰が集められるのか？」

「どうなんだろう、本人に会ったことがないから分からないな」

俺は当たり障りのない答えを返す。

信仰は難しい問題だ。たぶん、それはこの世界でも変わらない気がする。

「……一応聞くが、リュータ、お主どこかの神の連れ合いではなかろうな？」

セイカがもの凄く真剣な眼差しで俺を見詰めてくる。

神様同士って、結構色々あるのかもしれない。

「そうだと、何か困るの？」

「数多居る信徒を宗旨替えさせるくらいなら良くある話じゃが、神が直接見初めた相手を奪うというのは戦争じゃ。互いの信仰を掛けた戦いになる。お主は大切じゃが、妾にはもう戦う力がない。お主を守れぬ」

悲しそうに目を伏せるセイカに、俺はどう答えるべきか悩んだ。

出会ってからさほど時間は経っていないけど、セイカは俺のことをかなり気に入ってくれているみたいだ。

なんというか、裏表がない。好きなモノは好きと言うし、気持ちをストレートに伝えてくる。

最初に行き違いはあったけど、俺はセイカのことが嫌いにはなれなかった。むしろ好ましいと思える。

連れ合いとかそういうのは考えてないけど、少なくとも友人にはなれると思えた。

「大丈夫、独り身だよ」

「む、そうか……それはよかった……」

セイカが殊更ホッとしたような表情を浮かべる。

「もしも是と言われたら、消滅覚悟で戦いを挑むところじゃった」

「なんでぇッ!?」

「なんでじゃと？　見初めた者が他の神のものであるなど、我慢できる神はおらぬ。神は諦めぬ。奪うか、消えるかじゃ」

「うぉぉ……アグレッシブ……」

「あぐれっしぶ？」

「活動的とか、まあ、強気とかそういう意味だよ」

「ふむ、神などそんなものじゃ。至高神ともなれば、信仰のために色々なところに首を突っ込む。神の意を受けた人間や他の種族が、自分の神以外の神に喧嘩を売ることも珍しくないぞ」

「物騒な世界だなぁ」

「そうかの？　最初からこうだったから、妾たちは他の世界を知らぬ。お主の世界はそんなに平穏なのか……」

「平穏、だったかなぁ」

俺の周りは平和だった。

でも、世界自体が平和だったかは、俺には分からない。

たぶん、俺の世界でも争いがなかった瞬間なんてないだろう。そういう意味では、この世界と変わらないかもしれない。

「それで、その、お主は、こんな頼りない神の近くは嫌か？」

「え？」

セイカがまた泣きそうな顔になっている。

さらに服の裾を掴んできて、俺をじっと見詰める。

「……お主を守れぬ神では、やはり不満か？」

「そんなことに不満はないよ」

「な、なら妾の姿が不満か？　もっと大きい方が良いか？」

そう言って、セイカは自分の体を見る。

平均的というか、身長も体重も、たぶん体つきもごく一般的な感じだ。

ただ、顔立ちは整っているし、声も可愛らしい。俺の世界なら、どこかの業界にスカウトされるだろう見た目だ。

「いや、それも別に不満じゃないけど」

「な、ならば……ならばどうしたら……妾と共にいてくれる？」

じわじわとセイカの目に涙が溜まる。

「……何年ひとりでいたかも覚えておらぬ。最後の信徒が妾の存在を伝える書物を残し、麓の村々に広めてくれていたからこそ辛うじて姿を維持できていたが、外から入ってきた信仰でそれも失われた」

セイカは顔をくしゃりと歪める。

「妾を知っているものは、同族だけになってしまった。その同族は、取るに足らぬ神である妾のことなど歯牙にもかけぬ。滅びるならそれまで、誰も悲しんでくれぬ。リュータ、妾は……妾は忘れられたくないのじゃ……」

「セイカ……」

セイカの目から、ついに涙が零れた。

俺はハンカチを取り出し、それを拭ってやる。

「寂しいのじゃ。寂しいのはいやなのじゃ。寂しいと、楽しかった頃の思い出ばかり思い出す。人の子が生まれると親はここにやってきて、妾の祝福を欲しがった。妾は子が健康に生き、天寿を全うできるように守りを与えた。その子もまた子を成し、妾はその子にも守りを与えた。そうして、妾の守るべき子が増えていった。とても楽しかった。妾は絶対に子らを守ると誓い、実際に子らを戦乱から守り抜いた」

ぼろぼろと涙を零すセイカ。

彼女の言葉はときどき聞き取りにくくなったけど、俺は黙って聞いた。

「でも、いつしか人々は妾の守りを必要としなくなった。自分の身を自分で守れるようになった。寂しかったが、誇らしかった。それも運命と思ったのじゃ。ほんのわずかな者たちだけでも、妾を信じてくれればよかった」

でも、その少数の信徒さえセイカは失うことになった。

時代の変化というべきか、人間たちが力を持ったからだろう。

「魔法が生まれて、人間は神とも戦える力を得た。神は人を守るのではなく、人を利用するようになった。妾はそんなことをしたくなかった。だから、消えるのも仕方がないと思った。でも、でもな、リュータ……」

どん、とセイカが俺に抱き付く。

そのままぎゅうと俺を力一杯抱き締めた。

「消える直前までの間、ずっと昔の事を思い出しておった。赤ん坊から死ぬまでを見守った顔が浮かんでは消え、浮かんでは消え、諦めたことを後悔した。他の神のように振る舞えばよかったとも考えそうになった」

「そうか」

「――――最後のとき、妾は人を恨みそうになった。守ってやったのに、と思い、憎しみを抱いて消滅しそうになった。それを、リュータ、お主が救ってくれたのじゃ」

「…………」

俺はセイカが会って間もない俺をどうしてここまで慕ってくれるのか理解した。そして俺は、セイカの神様ぶりに純粋な敬意を抱く。

俺にここまでの決断はできない。

自分であり続けるために消滅を選ぶなんて、俺には絶対に無理だ。

「リュータ、頼む。妾をひとりにしないでくれ。神が人に願うなど、あってはならぬことだと分かっておる。じゃが、妾にはもう言葉しかないのじゃ。お主になにもくれてやれぬ。富も名声も、長い命も、妾にあるのは、妾だけなのじゃ」

「ん？」

ちょっと話の雰囲気が変わってきたぞ。

心なしか、セイカの重さが増したような。

「他になにもやれぬが、妾ならやれる。神をやる」

「ちょ、ちょっと待った」

「何が不足じゃ？　お主が妾を信じてくれるなら、妾の力も多少は戻ろう。その力でくれてやる」

「いやいや、俺は特になにもいらないし」

重い。

重いというか、押し込まれている。

ぐいぐいと体を押し付けてくるセイカに、俺は抵抗した。

「お主はすでに、妾に神饌《しんせん》を捧げた。妾にはお主を守る義務がある」

「神饌って、白米とおかずだけだし……」

「妾のために作られたものなら、それがなんであっても神饌じゃ。実際、お主の作るものを食べてから、急に力が戻ってきたしの」

「そうなのか？」

「うむ、神の領域で、神の半身が、神のために供え物を作る。それで力が回復しない方がおかしい」

結構アバウトな世界なんだなぁ――俺は思わず天を仰いだ。

いや、神様いっぱいいる世界だし、それくらいアバウトじゃないとだめなのかもしれない。

「ともかく、お主は是と言えば良い。――そうか、人間は子を成さねばならぬな。すまぬ、忘れておった。独り身となれば、まだ子がおらん。まずは子孫を残さねばならぬ、それもまた人間の務めじゃ」

「……その辺は個人の自由でいいんじゃないかなぁ」

親戚の集まりで似たようなことは言われるけど。

「まあ、それなら妾が産んでも良かろう。もともと人間の祖の中には神も大勢おる。これでなんの問題もないな」

「いや、問題山積みだって」

「まだあるのか？」

「そもそも、俺はこっちの世界の人間じゃないし、向こうでやらなきゃいけないことがあるんだよ」

「むう」

セイカが頬を膨らませる。

「いやじゃ」

「いやじゃって……」

「いやじゃったらいやじゃっ‼」

「そんな我が侭言うなよ。神様だろうに」

「神は我が侭じゃ！　我が侭だから神なんじゃ！」

それはそうかもしれない。

でも、セイカの我が侭は神様だからというよりも、ひとりが嫌な子どもに近い気がする。

「はーなーせー‼」

「はーなーさーぬー‼」

服が伸びる！

俺はずるずるとセイカを引き摺りながら廃墟の中に向かう。

「この社を見よ！　このようなところに妾ひとり置いていくつもりか！」

ばっと室内を指し示すセイカ。

室内と呼ぶには外が見えるし、外気が入り込む、まさに廃墟といった有様の建物がそこにあった。

「今までどうしてたんだよ！」

「最初は自分で神の力で直そうとしたが、できなくなったんじゃ！　それ以来、雨のたびに泣きながら雨漏りをふさいでおったわ！　それもできなくなって、雨の当たらないところでうずくまっておった！」

あまりにも悲しいことを言うセイカ。

「せめて、せめて一日！　いや、一週間！　いや、ひと月だけでいいから、妾と一緒にいてくれ！」

「なんで延びてるんだよ！」

「ぬぅ～～～～ッ‼」

「服！　服が千切れる！」

俺とセイカはその後も押し問答を続け、結局セイカが力尽きる形で俺は元の世界に戻った。

ただ、見捨てるのも気分が悪いので、あることを約束した。

「また来るんじゃな！　嘘ではないな⁉」

「嘘なんて言わないっての」

「……本当じゃな？　お主にまで見捨てられたら、妾は本当に……」

耳と尻尾を垂れさせて、目尻に涙を浮かべるセイカ。俺はその顔を見て、彼女の頭を撫でる。

「ん……ッ」

顔を伏せ、くすぐったそうな表情になるセイカに、俺は笑みを浮かべる。

「神様に嘘なんて言わないさ」

「……信じておるぞ」

「おう、ついでにこの建物の修理の道具も持ってくるよ」

「うむ！　さすが我が半身じゃ！　期待しておるぞ！」

セイカは俺の言葉に、ぱぁっと表情を輝かせる。

「門は常に開いておる。時間があれば顔を出すが良い！」

セイカが胸を張る。

俺はその子どもっぽい姿にさらに笑みを深め、さらに強く彼女の頭を撫でるのだった。

第三章　神様の半身

「リュータ～～～～ッ‼」

「ぐふぅっ」

一週間後、再び地下室の門を潜った俺を出迎えたのはセイカのタックルだった。みぞおちに頭頂部をめり込ませるセイカに、俺は崩れ落ちる。

「リュータ⁉　す、すまぬ！　本当に来てくれるか不安で不安で……」

「……わ、分かってる、大丈夫だ」

セイカが涙を浮かべているのを見て、一瞬湧き上がった怒りは萎んでいった。

（門を通った瞬間に飛び掛かってきたし、門の前で待ってたのか？）

もしかしたらセイカは、一週間ずっと門の前で俺のことを待っていたのかもしれない。ほら、飼い主を玄関で待つ飼い犬みたいな感じで。

いつでも顔を出せと言っていたし、約束よりも早く来るのを期待していたんじゃないか。

「むふふ……」

もちろん、セイカはそんなことはおくびにも出さない。

ただ、門を通った瞬間に見えたセイカの、安堵と驚きが混じった表情は嘘じゃない。

（本当に不安だったんだな）

俺の上に乗ったままぐりぐりと頭を擦り付けてくるセイカ。

大型犬のような仕草に、俺はその狐耳ごとぐりぐりと頭を撫でる。

「にゅふふ」

本当に嬉しそうなセイカの表情に、俺も嬉しくなる。

急いで向こうの建物の修理を終わらせた甲斐があったというものだ。

「じゃあ、まずは腹ごしらえだ。お腹減ってるだろう？」

「なにを言うか！　妾は神じゃ！　本来はなにも食べずとも……」

ぐぅ、という腹の音が、セイカのセリフを遮る。

「ぐ……」

急激に赤く染まるセイカの顔。

羞恥で染まったその顔を伏せ、セイカはそろそろと俺の上から退いた。

「……じゃが、半身が作る神饌は神にとっても大切な供え物じゃ。楽しみにしておるぞ」

「ああ、期待しておいてくれ」

そうはいったものの、俺は別に料理の腕前がプロ並みであるとか、料理人としての経験があるとかではない。

あくまでも趣味として少しだけ凝った料理を作ることができるだけだ。

ただ、この世界ではあまり料理は発達していないらしく、そんな俺の料理でもセイカは大絶賛だった。

「むぉおおッ！　こ、この唐揚げという料理はなんと複雑な味わいじゃ！　さくさくしていて、中はじゅんわり、そしてぴりっとくる！　こっちの汁も美味じゃ！　これが大豆で作られているとは信じられぬ！」

鶏肉の唐揚げとサラダ、そして味噌汁という簡単な食事だったけど、セイカはがつがつと男子高校生並みの勢いで平らげていく。

鍋でご飯を炊く方法を覚えてきたお陰で俺の分がなくなることはなかったけど、本当によく食べる。

「ふあぁ……」

お腹を膨らませて幸せそうに顔を蕩かせるセイカ。

笑顔でお腹を撫でる姿はお腹の中にいるであろう子どもに愛を注ぐ母親そのものだが、彼女が撫でているのは唐揚げだ。

「まさか料理人が半身になってくれるとは、妾もなかなか運がよい。リューータ、他の神も呼び寄せ、お主の料理を振る舞うというのはどうじゃ？」

「いや、俺は別に料理人じゃないし」

「なぬ!?　じゃあ、大工か？　お主が持ってきた道具、あれは大工道具じゃろう？」

そういってセイカの目が俺の持ってきた工具箱に向かう。

ナイロン製の工具入れには、セイカの社を直すのに必要だと思うものを片っ端から入れてきた。

さすがに電気工具は使えないだろうから、昔ながらの工具ばかりだ。だからこそ、セイカも使い方がなんとなく分かるんだろう。

「いや、あれも普通に売ってるものだし、俺は単なるサラリーマンだよ」

「さらりーまんとはなんじゃ？」

「会社に勤めて働く、まあ、普通の商人じゃないかな」

「ふーむ、商人か。確かに学はありそうな顔をしておる。うむ、妾好みじゃ」

お腹いっぱいになったせいか、セイカは上機嫌だ。

「しかし、お主の世界は不思議なところじゃなぁ。商人が料理もできて、大工の真似事もできるとは」

「この世界では違うのか？」

「うむ、すべての仕事には神がおる。その神の力で仕事をする故、他の神の領分を侵すようなことはできぬのじゃ。家事の神のように、多岐に渡る権能を持つ神もおるし、上級の神ともなれば配下の神を兼ねることができるがの」

「うーん、ちなみにセイカはどんなことができるんだ？」

「うッ」

俺の疑問の言葉に、セイカの表情が強張る。

先ほどまでの幸せそうな笑みは一気に消え失せ、真っ青な顔で俺を見詰めた。

「や、やはり妾ではだめか？　この神域に限れば、あらゆる権能を持っていたが、すでにその力を失った妾ではだめか？」

ふるふると震えながら俺に縋り付いてくるセイカ。

完全に独りがトラウマになっているらしく、少しでもそれを感じさせるとこうなってしまう。

「大丈夫だからくっつくなって。なるほど、ご当地神様的なのもいるんだな」

特化型と万能型というべきか。

ある権能に特化すれば、その権能に関する仕事がなくならない限り信仰が失われることはない。

一方、その土地ならあらゆる権能を行使できる場合、土地の信仰を独り占めすることができる。どちらも一長一短あり、リスクも相応に存在する。

実際、セイカはこの周辺ならどんなこともできたらしい。

戦いから治療、学問や建築まで、とにかくこの土地に暮らす人々にとって、セイカは身近な神様だった。

「それじゃあ、セイカはなんでもできるってことか？」

「昔ならそうじゃった。でも、今は逆になにもできぬ。神の力は権能、すなわち与えるためのものじゃ。与える先がない神は力を持てぬ。お主ができぬことを、妾は助けられぬ。病を祓う気のない者の病は祓えぬし、学びを求めぬ者に知識を与えることはできん」

つまり、セイカの持つ力というのは、セイカを神と崇める人々が持つ技能と欲求に左右される。

ということは……。

「じゃあ、俺がこの建物を直したいと思えば、そういうことができるってことか？」

「うむ、唯一の半身ゆえに願いの強さ次第では強い力を与えられるはずじゃが、結局のところ、お主の技能次第じゃ。魔法の魔の字も知らぬ童に、大魔法は与えられぬ」

「なるほど」

逆に言えば、きちんとした技能とやる気があるなら、セイカはあらゆることで俺を助けられるということだ。

「あと、人はおらぬがこの神域を縄張りとする人以外の者たちの力なら借りられるはずじゃ。奴らは信仰という概念を持たぬ故に妾の力にはならぬが、力仕事ならできるはずじゃ」

「人じゃないっていうと……」

「うむ、ちょっと待っておれ。すぐに呼ぶ」

そう言ってセイカは、大きく息を吸い込む。

そして――――

『うぉおおおおおおんッ‼』

遠吠えのような大音声が、木立を震わせる。

でも、耳をつんざくような音ではない。空気を伝わる普通の音ではなく、頭の中に直接響く感じがした。

「すぐに来るはずじゃ」

セイカが言った通り、変化はすぐにやってきた。

朽ちた社の周囲から、地響きのような音が聞こえてくる。

「お、おい」

「大丈夫じゃ、久しぶりに呼ばれた故、みな張り切っておるんじゃろう」

セイカはにやりと笑い、胸を張る。

平均的な胸だけど、そういう風に突き出すと相応に目立つ。

俺は思わず引き寄せられそうになる視線を逸らし、音が近付いてくるのを待った。

そして、彼らが到着する。

「おお……もりのくまさんだぁ」

「うむ、熊だけではない、あらゆる動物が妾の僕よ」

セイカが呼び出したのは、この森で暮らす動物たちだった。

ただ、その姿は俺の知る動物によく似ていたけど、多少の違いもあった。

「モンスター？」

「む、こやつらをモンスターなどという馬鹿と一緒にするでない。妾の神域にモンスターなどおらぬ」

セイカの話を聞く限り、モンスターはモンスターとして別の生き物たちがいるらしい。

そちらは魔の者と呼ばれる別の神々の眷属という扱いだという。

「魔の者はそれこそ、歴史が始まった頃から争っている相手じゃ。魔族という種族の中から出てきた至高神みたいなものじゃと思えばいい。魔の者は人々の欲望を糧にしておる。我ら神が人々を守り、願いを叶えるのは、魔の者に傾倒させぬためでもある」

「そういうことか」

争いが多いというのは理解できた。

ただ、これから俺がその魔の者とやらと関わるかどうかは分からないし、今は社の修理から始めよう。

「うむ！　それでこそ我が半身じゃ！　あまり助けにはならぬかもしれぬが、権能は与える故頑張るのじゃ！」

セイカは自分の社が再建されるのが嬉しいらしく、うきうきだった。

眷属である動物たちに俺の指示に従うよう、命令を下している。

「では、はじめるのじゃー‼」

◇　◇　◇

社の再建は、再利用可能な建材の選別と、新しい木材の調達から始まった。

セイカは社と言っていたけど、俺の目には普通のログハウスのようにしかみえない。

「妾は石で作った大きな神殿などいらぬ。それに、この社は民が建ててくれたのじゃ。元々森の中で気侭に暮らしておった妾のためにとな。じゃから、これでいいのじゃ。朽ちるに任せ、壊れた部分を補修し、時期が来れば立て替える。森の営みに寄り添った妾自慢の家じゃ」

そう言うセイカはとても誇らしそうだった。

俺の中で神様の住処というと、神殿だとか神社だけど、セイカにとっては普通のログハウス。まあ、そういう神様がいてもいいと思う。

庶民的というか、親しみやすい。

「ええと、こっちの木材がこうなって……」

ログハウスの構造は簡単だった。

いくつかプリントアウトしてきたログハウスの設計図を組み合わせて、元々の形を復元していく。

「おお……なかなかの手際ではないか！」

「動画でイメージトレーニングしてきたからなぁ」

「うむ！　どうがというのはよく分からんが、半身が働き者で妾も嬉しいぞ！」

俺は家に戻ったあと、色々な資料や動画で壊れた家の直し方を調べた。

週末の限られた時間で、元の世界とこっちの世界の建物を直さないといけない。

そうなれば当然、時間を無駄にすることはできなかった。

さらにいうと、あの門というのは持ち込めるものに制限があるらしい。俺はそれに引っ掛からないものをホームセンターで買い集め、持ってきた。

「門はこの世界に害を為すものは持ち込めぬ。害を為すかどうかは、その品物に対して人々がどういうイメージを持っているかで判断されるのじゃ」

セイカの言う通りだった。

持ち込めなかったものの代表格は、コンバットナイフ。サバイバル道具としても知られていて、俺のアウトドア道具の中にもあったんだけど、それは門を通れなかった。

多くの人々がそれを戦うための道具として認識しているからだろう。

一方、包丁は普通に持ち込めた。

これで人を傷付ける事件なんてたくさん起きているけど、人々にとって包丁は料理器具であって、傷付けるための道具ではないというイメージがあるんだろう。

ただ、巻き尺であったりとか、水平器とかが持ち込めたのは助かった。

鋸や斧も熊たちが器用に扱って、木材を切り出していく。

「森のくまさんすげぇ」

「狼たちもたいしたものじゃぞ。ほれ、食料調達もばっちりじゃ」

そう言われてセイカの指差す先を見れば、兎のような動物をこちらに差し出す狼がいる。

頭に二本の角が生えている以外は、普通の狼といった感じだった。

俺は最初その姿に怯えたんだけど、セイカの言う通り彼らは非常に友好的だった。

俺がセイカの半身――俺にはそのつもりはなかったけど、セイカがそう言い切るので動物たちもそれを受け入れたらしい――であることが分かると、俺の指示によく従ってくれた。

「しかし、お主は器用じゃなぁ。専門の大工にも負けておらぬぞ」

「先人の知恵を借りてるからな」

「ほほう、大工と言えば門外不出の技を蓄えていて、弟子にしか教えぬというが、お主の世界の大工は違うようじゃ」

各職業に神様がいる関係上、この世界では技術は秘匿される傾向があるらしい。

神様に与えられたものという意識があるから、大っぴらにはできないんだろう。

「よし、午前中はこんなところだな。みんな、お昼にしよう！」

「――――ッ‼」

太陽が中天にさしかかる頃、俺はそう言って動物たちに休憩を告げる。

なんというか、人間は慣れる生き物で、動物たちと一緒に大工仕事をすることに対する違和感はもうない。

それどころか、黙々と作業をする動物たちに感心してしまった。

人間は色々考えすぎてしまうせいで、作業が疎かになってしまうけど、動物にはそれがない。

中には人間みたいにサボってる熊もいたけど。

「しかし、大人数となると、やれる事といえば……」

俺は元々、持ち込んだパスタを茹でて昼食にするつもりだった。

しかしこうも人数――――人ではないけどとにかく人数が増えたのなら、方法を変える必要がある。

「セイカ、肉はまだ他にあるのか？」

「うむ！　お主がいつ来てもいいように用意してある！　野草もあるぞ！」

セイカはそう言って社の近くに走っていく。

そこには半地下の、洞穴のような倉庫があり、中に食料が入っていた。

食料庫として使っているらしく、中はひんやりとしている。その中に、大きなブロック状の肉がいくつも並んでいた。

血抜きは済んでいるみたいだけど、動物たちはこんなことまでしてくれるのか。そう思ってセイカに質問すると、セイカはにやりと笑った。

「それこそこうして半身が社を直してくれる成果よ。この者たちにも妾の権能は及ぶ。こうして社が建て直されていけばいくほど、この者たちができることも増えていくのじゃ。むろん、限度はあるがの」

つまりはセイカの神様としての力が戻ってきているから、動物たちは普通の動物にはできないようなこともできるようになったということだろうか。

「自分では気づいておらぬかもしれんが、お主も少しずつ権能が大きくなっているはずじゃ。いずれ自分でも分かるほどになるじゃろう」

どこか嬉しそうに、自慢げに語るセイカに俺は小さく笑った。朽ち果てた社の中で倒れていた弱々しい姿からは想像も出来ないほどに明るいセイカの表情に、俺も嬉しくなる。

「それじゃあ、これを切って焼いて食べよう」

「そんなことでいいのか？　いつも手の込んだ料理を作るじゃろう」

「バーベキューはかなり奥が深いんだよ」

俺はそう言って笑い、食料庫から色々な食材を集めていく。

それを社の前の広場まで運ぶと、社の中から持ってきたテーブルにまな板代わりの木材を置いて食材を切っていく。

「セイカ、悪いけど俺の荷物の中から、調味料とってくれないか？　焼いた肉と野菜に付けるたれを作りたいんだ」

「分かった！」

こと料理のこととなると、セイカはとても素直だ。

久しぶりに料理を食べ、消滅から復活したこともあって、あの子の中で料理というものが、『とてもいいもの』として分類されているらしい。

「持ってきたぞ！」

「じゃあ、それを言う通りに混ぜていってくれ。こっちは手が離せないんだ」

「うむ！　任せておくがいい‼」

本当に素直なセイカだけど、神様とはいえ万能ではない。

見た目通りの、子どものような手付きで危なっかしく調味料を混ぜていく。

ぷるぷるしながら大さじに調味料を入れていくセイカ。美味しいモノのためという大義名分もあるため、途中で投げ出すこともない。

「む、難しいの……」

「ええと、塩は……」

俺はそれを見守りながら、今度は肉に下味を付けていく。

幸か不幸か、食料庫には塩があった。

いつの塩なのか分からないくらい古ぼけた壺の中に入っていたけど、セイカ曰く神に捧げられたものが腐るはずがないというので、たぶん問題ないのだろう。

神に捧げられた時点で、普通の食材ではなく神への捧げ物というカテゴリになるため、腐敗しないということだろうか。

（ファンタジーだし、なんでもありか）

いつの間にか、動物たちが火起こしを始めていた。火を扱える動物は人間だけというのは、こちらの世界では通用しないらしい。

狐のような動物が薪をくべ、タヌキのような動物が大きな木の葉っぱで風を起こし、炭火を起こしている。

「じゃあ、次は網に油を塗って……」

網は社の中に転がっていた。

セイカは懐かしそうにそれを見詰め、昔たくさんの信徒がいたときに一緒に狩りの獲物を焼いて食べたと言っていた。

やはり神様の持ち物らしく、網は黒ずんではいたけど錆はなかった。それを油で拭き上げ、動物たちが組み上げた石製のかまどの上に置く。

「おお、なかなか良い出来映えじゃないか」

それはキャンプ動画で見る手作りかまどよりも立派に見えた。

まさか動物たちが作ったとは思えない。形の良い石を選び、それを崩れないように積み上げる技術をもつ動物というのは、いったいどういうモノなのだろうという疑問はあるけど、まあ、それも神様の権能、ファンタジーだ。

「じゃあ、焼いていくぞ」

「おーっ‼」

セイカと動物たちが喝采を上げる。

俺は串に刺した肉を次々と網の上に乗せていく。

「そういえば、動物って野菜食べても平気なのか？」

「うむ？　そんなのは自分たちで判断すればよかろう。勝手により分けて、食べられる者に分け与えるから気にする必要もあるまい」

権能ってすげー。

「そうか、ならどんどん焼いていくぞ」

俺はそう言って、次々と肉と野菜を焼き上げていく。

耐熱用の革手袋が大活躍だ。

「むむッ！　このソースはなかなか美味じゃ！　酸っぱい感じが食欲をそそる！」

セイカはネギ塩レモンたれを絶賛している。

さっぱりとした味わいで、俺も気に入っている。

「むむ、こっちの茶色のソースもいいな。ちょっとした辛味が肉の味をよく引き出しておる！」

次はしょうゆベースの焼き肉のたれを褒め称える。

市販のたれに似た味で、失敗がない。色々な料理に使える万能たれだ。

「ほら、お前たちもどんどん食べるが良い！　食べたらまた食料を取ってきてくれ！」

動物たちはそれぞれに器用にバーベキューを平らげていく。

本来なら生肉や生の野草を食べているはずの動物たちだけど、普通に調理したものも食べるらしい。これがセイカの眷属だからなのか、この世界の動物たちはすべてこうなのかは分からないけど、まあ、喜んでくれているならそれでいいさ。

「──うん、この肉悪くないな。もっと獣臭いかと思ったけど、そんなことない」

「きちんと血抜きもしてあるからの。それに、不味い獲物を動物たちが妾に捧げる訳もない。ふふふ、動物たちにもきちんと対価をやらんとな」

「対価？　権能以外にか？」

「うむ、良き獲物に出会えるようにしてやるとか、良きつがいを見つけられるようにするとか、冬ごもり前に食べ物に困らぬとかじゃな」

「ほほう」

この世界では動物も神様に祈るのか。

いや、本人たちは祈っている自覚はないんだろう。ただ、セイカに捧げものをすると生き易いと認識しているに違いない。

「ふっふっふ、こうやって神饌を口にするたびに力が戻ってくる！　今なら飛竜くらい一撃で倒せそうじゃ！　わっはっはっは‼」

「おいおい、危ないのは御免だぞ。俺は戦士とかじゃないんだから」

「分かっておるわ。ここにいる限り、お主は安全じゃ。妾の庭で好き勝手させるものか！」

セイカはそういって大笑いする。

復活からこっち、力を取り戻したことで気が大きくなっている。

「ぬわーはっはっはっは‼」

高笑いをするセイカを見ながら、俺はふと嫌な予感がした。

セイカが盛大にフラグを立てているようにしか見えなかったからだ。

でも、この世界のことは俺にはよく分からない。セイカが楽しそうなら、きっと大丈夫なのだろう。

「……まあ、なるようにしかならないか」

俺は苦笑しながら、焼いた肉を頬張る。

肉汁が溢れ出て、とても美味かった。

◇　◇　◇

修理は思った以上に順調に進んだ。

権能をもらった動物たちの手際が予想以上に良かったことと、俺自身がセイカにもらった力が想定以上に役立ったからだ。

「そうかのぅ。ちょっと力が強くなったり、目が良くなったり、手先が器用になる程度じゃろう。本来体が持っている力を引き出しているだけじゃぞ」

「いや、それにしたって……」

俺は鑿《のみ》を使って木材を加工している。どういう風に加工すれば良いのかは知っているけど、実際の経験はほとんどない。なのに、鑿は俺が思った通りに木材に食い込み、斬り裂いていく。ようするに、動画でイメージトレーニングした通りに体が動いて、結果がついてくる状態だった。

「お主がどうしようもないほど不器用だったりしないかぎり、慣れればできるようになる程度のことなら、妾の力で引き出せる。そういうものじゃ」

ただし、本人の器に余るようなこと、たとえば本来到達できない大魔法を使えるようになるとか、すごい必殺技を使えるようになるとかは、神様に力を借りないとできないらしい。

「器に収まるか、余るか。神が人に恩恵を与えるのに必要な力の量は、そのどちらであるかで決まる。今回妾が少し力を貸すだけであれだけのことを成し遂げられたのは、お主に才があるからじゃ。胸を張るがいい」

「……そうか」

俺は少し嬉しくなった。

大工仕事の才能がどうとかではなく、自分にそうした可能性があると分かったことが嬉しかった。

「しかし、ぬふふふ……社がこんなにも立派な姿になるのは、いつ以来じゃろうか……」

セイカは嬉しそうに修理した社を眺めている。

ほとんど元通りになった建物は、真新しい木材と古い木材が混在していてなんとも言えない色合いだが、これはこれで味がある。

古民家を敢えて元の材料を残し、新しい材料と混ぜて修復するときと同じ雰囲気があった。

修理した、というのが分かりやすい分、大切にされているように見えるのかもしれない。

「これで雨風に怯えることもない。お主のための部屋も用意してやるから、楽しみにしておれ」

俺の部屋を社の中に作るというのは、セイカが頑として譲らなかったことだ。

俺としては適当にどこかの部屋を借りるだけでよかったのだが、セイカはそれではダメだと言った。

この社は俺とセイカの家で、家の住人ならばきちんと部屋があるべきというのが彼女の理屈だ。

確かに、自分の家なのに客間に寝るというのもおかしな話だ。自分の家なら、自分の寝室、寝床があるのが当然だしな。

「それなら、俺が適当に作るよ。セイカ、そんなに器用じゃないだろ？」

「そ、それくらいなら妾でも作れる！　とにかく、お主の部屋は妾が作る！　動物たちにも手伝わせる故、問題ない！」

セイカはそう言いながら、俺の背中をぐいぐいと押してくる。

この間とは真逆の行動だ。

俺がセイカを見捨てる訳がないと思っているんだろうな。実際、見捨てるつもりなんてないけど。

「じゃあ、今日のところは帰るよ」

「うむ。気をつけてな。そちらの世界で妾の力が及ぶ範囲は狭い。お主の身はお主が守るんじゃぞ」

「こっちの世界はそんなに物騒じゃないから大丈夫だって」

俺は苦笑しながら門を潜る。

セイカは俺の姿が見えなくなるまで手を振っていた。

「さて、じゃあこっちの建物も修理を――」

俺は門を潜り、こちらの建物の修理を始めようと顔を上げる。

そして、固まった。

「……修理が終わってる？」

そう、目の前にあるのは、修理されて照明まで取り替えられた地下室だった。

一部腐っていた壁板や床板は交換されていて、空気そのものが綺麗になっている。俺は慌てて地下室を出て、地上階へ足を踏み入れた。

「こっちも⁉」

廊下に出ると、そこは見違えるほど綺麗になったログハウスの内装があった。腐ったりはしていなかったけど、色褪せていた壁板は綺麗に塗装し直されていて、錆が浮いていた蛇口やシンクはピカピカだ。

お風呂場も同じように綺麗になっていて、鏡は水垢ひとつないまっさらな状態だった。

「まさか……」

俺は建物の外に出て、外観を確認する。

「うおッ⁉」

俺は思わず呻き声を上げていた。

古ぼけていた外観が、綺麗になっている。

朽ちていた木製の手摺りは真新しいものに交換されていて、壁は防腐塗料が塗り直されている。駐車場の草刈りまで綺麗に終わっていて、まるでリフォームしたかのような有様だった。

「い、いったいどういうことだ？」

まさか、伯父が業者を手配したのか。

いや、それなら俺に連絡がないはずがない。

なら、もしや――

「ッ！」

俺は来た道を駆け戻る。

建物に入り、廊下を走り、地下室に入る。

そのまま門を抜け――

「のじゃッ⁉」

門の前で体育座りをしていたセイカにぶつかりそうになる。

「り、リュータ？　どうしたのじゃ？　わ、忘れ物かの？」

セイカは俺が戻ってくるとは思っていなかったのか、顔を真っ赤にしている。

「べ、別に名残惜しくて門を眺めていたとか、次に会うのが楽しみで離れられなかったとか、今日の思い出に浸っていたとかではないんじゃぞ⁉」

セイカはよく分からないことを言っていたけど、俺はそれどころじゃなかった。

「セイカ！　実は――」

俺はあっちの世界のログハウスのことを説明する。

その話をふむふむと頷きながら聞いていたセイカは、小さくため息を吐いた。

「まあ、あり得ない話ではない。向こうの世界にあるお主の家は、こちらの世界の我が神域と同調しておる。だからこそこうして門が繋がるし、妾の声がお主に届いたわけじゃ」

「同調？」

「うむ、お主が知っておるか分からんが、こちらの世界とそちらの世界には、同調している場所がいくつかある。そちらのモノがこちらに来たり、こちらのモノがそちらに流れ込んだりする場所じゃ。心当たりはないかの？」

「心当たり……」

なくはない。

良くある怪談とか、都市伝説の類だ。

別世界に迷い込んだ人の話とか、神隠しとか、この世のものとは思えない風景の中に迷い込むとか、そうした伝説はいくらでもあった。

「その顔は覚えがあるようじゃな。ともかく、お主の家はそういう場所なのじゃ。同調している建物であるこちらの社が再建された故、そちらの建物も修復されたというところじゃろうな。本来の形に巻き戻ったというのが正しいか」

「巻き戻り……」

確かに、普通に修理して交換が必要だった照明器具が元通りになる訳がない。交換するための部品はどこにもなかった。

巻き戻りなら、かつての姿を取り戻したということになるから、交換するための材料も必要ない。

「それとも、なにか不都合があったか？」

セイカは急に不安そうな表情を浮かべる。

「もしや、修復に巻き込まれてお主の大切な持ち物が壊れてしまったか？」

「いや、そういう訳じゃない」

車も荷物も、そのまま置いてあった。

ただ、もしも壊れたところになにか置いてあって、それが巻き戻っていたら、大変なことになっていたかもしれない。ゲームとかでも、テレポート先が壁だったら、そこに埋まってしまうなんていう設定もある。

SFのテレポートもそうだ。テレポート先になにかがあると、それと合体してしまう。

「そ、それならよかった。妾もお主の家がそこまで社と同調しているとは知らなかった故、説明もしておらなんだ。すまぬ」

セイカはしおらしく頭を下げた。

本当に申し訳なく思っているらしく、耳も尻尾も垂れ下がっている。

尻尾なんて、やや両脚の間に引っ込んでしまっているくらいだ。

「いや、本当に気にしなくていい。むしろ修理の手間が省けて助かったくらいだ。これなら、こっちにいる時間を増やせるかもしれない」

「まことか⁉」

がばっと顔を上げるセイカ。

目がキラキラと輝いている。

「それはつまり、こちらに泊まることもできるということか⁉」

「まあ、そういうことかな……」

泊まりがけで作業ができれば、色々作業が捗る。

接着剤とかはある程度乾燥が必要だし、こちらの世界には俺の世界ほど明るい照明はない。

夜間作業はできないから、どうしても作業時間は短くなる。

「そ、そうか！　それなら尚更お主の部屋を作らねば！　まあ、妾の部屋でもあるのじゃが……」

「え？」

何やら不穏当な言葉が聞こえ、俺は思わず聞き返した。

セイカはしまったというような表情を一瞬浮かべたけど、すぐに俺を門へと押し始めた。

「と、ともかく今日のところは戻るが良い！　今日は色々やってもらったし、疲れておろう！

こちらには風呂もない故、そちらで疲れを癒やすのじゃ。お主の体はお主だけのものではないんじゃや！」

「分かった、分かったって」

ぐいぐいと背中を押され、俺はまた門を潜る。

わずかな浮遊感のあと、俺は綺麗になった地下室に立っていた。

「……いや、さすがに一緒の部屋はまずいだろ」

俺は思わずそう呟く。

「いやまて、セイカってそもそも俺より年上か？　いや、年上だからってダメはダメだろ。まったく、距離感近すぎて勘違いしちまいそうだ」

俺は頭を振りながら、地下室を出る。

あんな風に女の子に好意を向けられた経験がなかったせいで、どうしたら良いか分からない。

「そもそも、命の恩人だから慕ってくれてるって部分も大きそうだし、落ち着いたらあっさり引っ込むかもしれないもんな」

うんうんと頷く俺。

「さぁて、それじゃあ……伯父さんにどう説明するか考えるか」

巻き戻ってしまった結果をどう説明するか、俺は延々と悩み続け、結局は思ったよりも壊れていなかったから、簡単な修理でなんとかなったということで押し通した。

伯父は不思議そうな表情をしていたけど、修理費が抑えられたことは間違いないのでかなり喜んでいた。

『いやぁ、お前に修理の才能があったとはな。今度他の物件でも頼むか！　あははははっ！』

電話の向こうの伯父はとても上機嫌だったけど、俺は本当に頼まれたらどうしようと戦々恐々だった。

もっと動画を見て、覚えるしかないのだろうか。

第四章　森の狐さん

「ふう……」

俺は車のトランクからいくつもの道具が入った箱を引き出し、地面に置いた。

「乗せるときはあんなに苦労したのに、降ろすときは思ったよりも簡単だったな。ここがもうセイカの神域だから、腕力とかが増してるってことか」

俺が降ろした荷物は、森のくまさんたちセイカの眷属の動物たちに使ってもらうために用意した道具たちだった。

電動ではない工具は結構中古品が出回っていて、状態が良さそうなものを集めた結果相当な量になった。

シャベルやスコップ、一輪車なんかの土木工具はきっと動物たちでも普通に扱えるだろう。森のくまさんが差し金を使って寸法だしをしている様を思い出しながら、俺はログハウスの中に荷物を運び込んでいく。

「食料はとりあえずこっちの冷蔵庫に入れておくか」

塊肉なんかは向こうの世界で動物たちが用意してくれるだろうから、俺が買ってきたのはソーセージやハムなんかの加工品だった。保存が利くから、向こうに置いてきてもセイカや動物たちの食事になるだろう。

「そういえば、お酒も結構あったよな」

俺は荷物を地下室に運びながら、向こうの世界の食料庫に置いてあった酒ビンを思い出す。

歪な形でビンというよりも瓶とかアンフォラに近い感じがあったけど、やはり神様に捧げられたものということでまったく腐敗も発酵もしていなかった。

「ワインがいつの間にかお酢になってたなんて話もあったけど、少なくとも神様への捧げ物ならそういう心配はないんだろうな」

ただ、何でもかんでも捧げたら大丈夫かといえばそういうわけでもないらしい。

つまりは神様に捧げるものとして相応しいかどうかという判断基準なんだろう。

「よし、準備はいいな」

俺は地下室に運び込んだ道具入りの箱を眺め、何度も頷いた。

こんなにもたくさんの道具を買ったのは当然初めてだ。まるで工事現場のような有様だけど、よく考えたら工事現場みたいなものだった。

「異世界工事現場かぁ……」

周囲に何もないお陰で安全対策が必要ないのは助かるけど、作業をする動物や俺自身は気をつけた方が良いかもしれない。

俺はそんなことを思いながら、門を潜った。

◇　◇　◇

「さあ、お主ら気合を入れるのじゃあ‼」

社の上に立ったセイカが、そう言って動物たちに発破を掛ける。

俺たちは今、社の周囲の整備中だった。要するにエクステリアとか外構なんて呼ばれる、塀とか植木とかを直している。

「ええい、そっちではない！　それはこっちじゃ！　それでは妾の力を増幅できんではないか！　――ぬぉおおおっ⁉　その樹は神樹！　無事じゃったか！　良かった！　これでさらに神域を活性化できる！　そっちの地面に植え直すのじゃ！」

セイカの指示が次々と飛ぶ。

俺はそれに従ってシャベルを振るったり、倒木を鋸で切ったりと忙しなく動いている。

「こういう状況だとセイカが頼もしく見えるな」

「…………」

一緒に作業をしているくまさんが頷く。

くまさんはその前脚でどうやって握っているのか分からないけど、器用に鋸や鉈を使って倒木や枯れ木を解体していく。

のっしのっしと薪割り場に運び入れ、そこでも別のくまさんが斧を振るって廃材の木を薪に加工していた。本当によく働いてくれていて、どうも俺が向こうの世界に帰ってる間も動物たちは地道に作業をしてくれているらしく、ちょっとした手摺りや平らな石を並べた階段なんかは、動物たちが直してくれていた。

ただ、自然の中で暮らす動物たちには建物の根本的な知識がないので、セイカがどう直せば良いか分かるものしか直せないらしい。

「あ、今度はそっち持って」

「ぐる」

俺が押さえる位置を変えてほしいと頼むと、森のくまさんは素直に場所を変えてくれる。これも不思議といえば不思議なんだけど、周囲で働いている動物たちを見るとそれも当たり前のように思えてしまう。

何十体もの動物たちがセイカや俺の指示で動き回る様は、あまりにもファンタジーで現実離れしている。なのに、俺はそれをまったく不思議だと思っていない。

(セイカの力のせいなのか?)

そうだったとしても、大きな問題があるわけじゃない。ただ、セイカが俺を半身にしたいと思っているのは確かで、神様っぽく洗脳的なことをしているんじゃないかと思ったんだ。

「……いや、さすがのセイカでもそんなことしないよな」

「?」

くまさんが不思議そうに首を傾げる。

俺の独り言が気になるらしい。なら、いっそ聞いてみるか。

「なあ、くまさん」

「ぐる？」

「セイカってどんな神様なんだ？」

自分でも不思議なことをしている自覚はある。

ただ、一緒に作業をしているうちに、俺はなんとなくくまさんがなにを考えているのか分かるようになってきた。それは他の動物たちも同じで、さきほどのくまさんのように、逆に動物たちも俺のいっていること、考えていることが分かるような素振りを見せる。

「ぐるぅ……」

くまさんは少しだけ悩んでいる様子だった。

彼らにとってのセイカと俺にとってのセイカはたぶん見え方が違う。ただ、一声掛けただけでたくさんの動物たちが集まってきたことを考えると、セイカは彼らにすごく慕われているのは間違いない。

「がうっ」

「ほほう、まずはよく遊んでくれると」

「ががうっ」

「食べ物の場所を教えてくれて、巣穴にぴったりな洞窟も教えてくれた？」

くまさんは身振り手振りで俺にセイカの素晴らしさを伝えてくる。コミカルな動きだけど、巨大な熊がそれをしているので、動きに合わせて突風が吹き荒れている。

ただ、俺はくまさんが一生懸命に俺にセイカの良さを伝えようとしているのが分かった。なんというか、とても真剣な眼差しなんだ。

「がるぅ」

「え？　お前ってそんなに長生きなの？」

くまさんはどうやら、人がいなくなる前からここで暮らしているらしい。

セイカと一緒に暮らすと、動物たちも長生きになるのだろうか。

「がるぅ」

「あ、やっぱりそうなのか。でもそうなると、セイカがいなくなったら……」

「がる……」

くまさんが言うには、やっぱりくまさんたちが長生きなのはセイカの神域があるからなのだという。神獣とでもいうのか、神様の眷属になったからこそ、神様に仕えるために長い命をもらっていて、その神様がいなくなれば普通の動物に戻ってしまう。

「がるる……」

「いや、お礼なんてそんな……俺だってこうやって助けてもらってるし」

「がるがる」

くまさんは俺にセイカを助けてくれてありがとうと頭を下げてきた。本当は他の動物たちも一緒にお礼を言いたいけど、あまりたくさんで押し掛けるのは迷惑だと思ったし、そもそも自分たちが近付くと人間は怖がるから、気を使っていたらしい。

「――――気遣いのできるくまかぁ」

紳士だ。

あまりにも紳士なくまさんに、俺は感動していた。

「がる……」

「なるほど、セイカがその辺けっこういい加減だから、自分たちが頑張っていると」

「がる！」

俺の体重の何倍もあるくまさんが嬉しそうに頷く。

その動きは客観的に見てかなりの迫力だったけど、俺には体の大きな子どもが母親を褒められて喜んでいるようにしか見えなかった。

「がるがる……」

「え？　変わってくれるのか？」

そこまで会話したところでくまさんは俺が疲れてきたのに気づいたらしく、鋸を指差した。

交代するということらしい。

「ええと、使い方は分かるか？」

「……がる」

「ええと、基本的なのは見てたから分かると思うけど、とりあえず引くときに力を入れるのを心がけてくれ」

「がるがる」

「で、使い終わったらブラシで木屑を落として、錆びないようにする」

「がるがる」

「まあ、油とかで拭くのはあとでまた教えればいいか。それじゃあ、ちょっとやってみるか？」

「ぐぉおおおッ！」

気合十分のくまさんの咆哮に、俺の鼓膜がびりびりと震える。

よーし、そこまでやる気があるなら熊の力を見せてもらおうじゃないか。

◇◇◇

「はぁ〜〜……」

空を見上げると、太陽が中天に差し掛かろうとしていた。

そろそろお昼ご飯の準備をしなければならない。だが——

「疲れた……」

俺は疲れ切っていた。

くまさんのパワーで倒木の片付けは終わったけど、でこぼこになった地面の整地でかなりの体力を消耗してしまった。今は他の動物たちに任せて休憩中だけど、このままでは午後の作業が最後までできないかもしれない。

となれば、俺が作るご飯は自ずと決まってくる。

「――疲労回復効果があって、スタミナが付く食事か」

俺は頭の中にいくつかのレシピを思い浮かべながら、同時に冷蔵庫や食料庫の中身を思い出していた。

「……うん、なんとかなりそうだ」

俺は頷くと、社の上にいるセイカに声を掛ける。

「セイカ～～！」

「リュータ？　なんじゃ～～？」

「昼ご飯作るから、鍋にお湯を沸かすように動物に伝えてくれー！　あと大きめの鉄板も頼むー！」

「分かったのじゃー！　他に必要なものはあるかー？」

「大丈夫だー！　それよりも落っこちるなよー！」

「子ども扱いするでない！　それよりも早く昼餉《ひるげ》の準備をせぬか！　眷属たちも腹を空かせておるのじゃ！」

「はいはい」

セイカの声に背中を押され、俺は食料庫の中にあったいくつかの肉の塊を手に取る。

それは普通の肉ではなく、内臓、レバーだった。

「レバーとか内臓って、熊の好物って印象があるんだけどな」

そんなことを口にしながら、俺は調理場になっている部屋に向かう。ここは俺がいない間にセイカと動物たちが作った部屋のひとつで、俺が料理をしやすいようにと色々考えて作ってくれた。

実際に使い勝手も悪くない。ただ、コンロはかまどだし、水道はないから水瓶の水を掬《すく》って使う形になる。

「さて、まずはレバーの処理からだな」

俺が作ろうとしているのは、レバー入りの野菜炒めだ。調理自体は動物に任せてもいいように、材料を切っていく。

レバーはかなり新鮮で、どうやら俺が来るのを見越して用意しておいてくれたようだ。俺は動物たちに心の中でお礼を言いながら、調理を進めていく。

まずはレバーの下処理だ。さすがに動物たちでも、血管やらなにやらの除去まではできない。

教えればできるような気もするけど、今日はとりあえず俺がやっておくことにする。

「さすがにこの量になると面倒だな……」

ただ、外には腹を空かせた動物たちが待っている。

ここで面倒くさがるのは、動物たちにあまりにも失礼だ。俺はレバーから血管などを取り除くと、井戸水を汲んでおいた桶にレバーを入れ、洗い始める。

すぐに水が赤く染まっていくので、何度か水を交換してしっかりと汚れが出なくなるまで綺麗にする。

その後はざるに上げ、容器に入れてばばっと塩を振る。

「よし」

塩を入れたらしばらくそのままにしておく必要があるので、井戸水に容器を浮かべて次の調理に取りかかる。

「お湯が沸くまでにパスタソースを作っておこう」

俺が今回の献立として考えているのは、レバーの野菜炒めと山菜のパスタだった。どちらも疲労回復に効果のある材料を使っているから、こういうときにはもってこいだ。

もちろん、普段ならこういう食べ合わせはしない。中華とイタリアンだし、調理も面倒だ。

ただ、セイカも動物たちも食べ合わせというものをあまり気にしないし、炒め物もパスタも量を作りやすいというメリットがある。

それに、パスタを茹でるのも、野菜を炒めるのもさほど難しくないから、セイカや動物たちに手伝ってもらえるんだ。

「リュータ、湯が沸いたぞ」

そんなこんなで山菜を切っていると、セイカがやってきた。

俺はそのセイカに大型のショッピングセンターで買ってきた大袋のパスタを段ボールごと手渡した。

「お、重い……っ」

そりゃ一〇キロ入りだからな。

でも、ここなら一食で終わる。動物もセイカもどこにそんなに入るんだと思うほどに食べる。

本人曰く、神が神饌を食べるのは当然のことだといっていた。

理屈はよく分からないが、結局のところ世界とはそういう風にできているということなのだろうと思う。

「それをかき混ぜながら茹でてくれ。真ん中に少しだけ芯が残るまでな」

「真ん中に少し芯が残る程度……じゃな！　うむ！　任せておけ！」

セイカは俺の言葉を反芻し、すぐにぱっと笑顔を浮かべて頷いた。

「この麺はこれまでに見たことがないが、やはり味は違うのか？」

「それは食べてからのお楽しみって奴だ。ただ、これが嫌いな人間はいないってくらい、俺の世界ではいろんな人に食べられてるよ」

「おおっ！　そちらの世界の者たちがそこまで好んでいるのか！　妾は神域から外に出ない故、外の食べ物は楽しみじゃ。期待しておるぞ」

「ああ、きっと気に入ると思う」

俺の返事を聞いて、セイカは楽しそうに去っていく。ただし、パスタの入った段ボールを抱えてふらふらしながら。

「さてと、それじゃあパスタソースを完成させないとな」

俺は大きな鉄の鍋に油を入れ、あく抜きをした山菜を炒める。小さく切ったベーコンを入れ、塩コショウで味を調えればソースは簡単に完成した。

もともと俺がいないときでもセイカたちが自分で作れるようにと探してきたレシピなので、それほど工程も必要ない。それでいて、こちらの世界でも手に入る材料でなんとかなる。

調味料はまとめて持ってきておけばしばらくは保つし、乾麺の類を常備しておくのも悪くないかもしれない。向こうの世界でも一人暮らしのお供として乾麺は鉄板だ。

「おっと、肉の方がそろそろ良さそうだな」

冷やしていたレバーがちょうどいい時間だったので、俺はそれを水洗いして水気を取ると、ソースや野菜と一緒に庭へと持っていく。

そこではざるに上げられたパスタがほかほかと湯気を立てていた。

「おお！　ちょうど麺が茹で上がったところじゃ！　これをどうするのじゃ？」

「こっちのソースと混ぜてくれれば完成だ。あと、こっちの野菜をこの肉と混ぜて炒める」

俺はそういってセイカにソースを渡した。

「おお……なんとも食欲をそそる香りではないか。ふふふ、これは楽しみじゃ！」

セイカは山菜パスタの完成した姿を想像したのか、じゅるりと涎を拭って鍋へと駆け戻る。

動物たちがその手伝いを始めると、俺も同じように動物たちと一緒に調理を再開する。

「ええと、こっちの鉄板には油を入れて……と。誰か木べらで掻き回すのを手伝ってくれないか？」

そう呼び掛けると、やはりというかくまさんの一頭が前に進み出た。

巨大な鉄板でレバーの野菜炒めを作るとなると、やはりある程度の体の大きさが必要になるから、助かった。

「手伝ってくれて助かる」

「‼」

くまさんは問題ないというように頷き、手に二刀流で大きな木べらを携えた。

廃材から作った木べらで、大きさを考えたら船の櫂《かい》にも見える。

「ここからは火力勝負になる。俺が材料を入れたら、強火で一気に仕上げてくれ」

「──‼」

かまどの前に待機しているタヌキや狐たちが一斉に敬礼した。それぞれに追加の薪や木の葉を構える。

「あっちは大丈夫かな」

俺は自分の調理に取りかかる前に、セイカたちの様子を確認した。

「よし、皆の者！　交代の準備はできたな？　それでは始めるぞ！」

セイカの号令一下、動物たちが動き出す。しかし今回はセイカも指示を出すだけではなく、自分自身でも調理を始めた。

「まずは油じゃな」

鉄の鍋に入ったソースを手に、セイカは先ほどまでパスタを茹でていたであろう大きな鍋に油を敷くと、パスタとソースを入れて混ぜ始めた。

「よし！　このまま良き按配《あんばい》になるまで掻き回すのじゃ！　味見は妾に任せよ！　神の舌が最高の出来映えを保証しようぞ！　わーっはっはっはっはっ‼」

あれなら問題なさそうだ。

なんというか、セイカは土地神様という出自のせいか、自分でなにもできないタイプの神様ではなかった。

神様らしく尊大な態度を見せることもあるけど、率先して働くということを躊躇わない。

その姿を見て動物たちもついていくから、こうやって料理を任せることもできる。

「――――こっちも負けてられないな。みんな、始めるぞ」

俺がそう言うと、動物たちが一斉に鉄板とかまどに向き直った。

俺は白い煙を上げ始めた鉄板にレバーを入れ、くまさんに炒め始めるように頼む。

「ひたすら掻き回してくれ。形が崩れないようにひっくり返す感じで頼む」

「ぐるっ！」

くまさんはびしっと敬礼すると、両手の木べらを器用に使ってレバーをひっくり返していく。

赤かったレバーが白くなり、さらに焦げ目が付いていく。

そうなると、次の工程だ。

「野菜を入れるぞ！　鉄板が冷えないようにしっかり火の様子を見てくれ！」

「‼」

今度はくまさん以外の動物たちが頷いたり前脚を上げたりして俺に応える。俺はそれを見て頷き、複数の木のボウルに入れておいた野菜たちを次々と鉄板に入れていく。

油が跳ね、一気に場が賑やかになった。

「ソースを入れるぞ！　気をつけろ！」

ボトルに入っていた業務用のソースを入れ、他にも調味料を追加していく、さらに塩コショウを入れ、全体に味が馴染むように俺も木べらを持ってくまさんと協力して掻き回す。

「ある程度火が通ったら、鉄板ごとテーブルに運ぶぞ！　準備を頼む！」

さすがにこのサイズの大皿はないから、鉄板から直接食べてもらうしかない。それぞれに取り皿は用意してあるから、特に問題はないはずだ。そもそも動物たちは自分たちで食べられるものをより分けるから、基本的には大皿料理が多くなる。それなら食べられないものを無理やり食べさせる心配もない。

もっとも、セイカは俺が取り皿に入れないと食べない。そうしないと神饌じゃないといっていたけど、まあそれくらいのことはしてもいいだろう。

「火が通った！　みんな、テーブルに運ぶぞ！」

動物たちが一斉に動き出す。

それぞれに火傷防止の布やらなにやらを前脚に嵌め、鉄板を石組みのかまどからテーブルに運ぶ。やはりここでも活躍するのは森のくまさんだったけど、テーブルの上に木の板を敷いたり、鉄板分のスペースを開けるなどの作業をしてくれたリスなんかの小動物たちも個人的にはかなりの活躍だと思う。

「そのままゆっくりと降ろしてくれ！　焦らなくていいぞ！」

動物たちに指示を出しながら、俺はテーブルに鉄板を移動させた。まだまだじゅうじゅうと音を立てている。

さてパスタはと思ったけど、そちらももう完成したようだった。セイカが動物たちに指示を出して、大皿にパスタを盛り付けている。

「向こうは完成したようじゃ！　こちらもさっさと済ませて、冷める前に食べるぞ！」

　動物たちはセイカの指示を受け、どんどんパスタを盛り付けていく。

　その手際はとても良くて、本当に動物だとは思えない。特にアライグマのような動物は器用にパスタを山盛りにしていて、手際は熟練の料理人のように見えた。

「リュータ！　こっちは完成じゃ！　そちらもできあがったようじゃな。とても美味そうな匂いが漂ってきておるぞ」

「ああ、そっちも上手く出来たみたいだな。大したもんだ」

「ふふふ、これでもかつては民たちに手料理を振る舞ったこともあるのじゃ。簡単なものじゃが、遊びにきた子どもらにおやつをくれてやるのが楽しみでな」

　セイカは昔を懐かしみ、楽しそうに目を細めた。

「お主がいれば、いずれまたそのような機会もあろう。今のうちに色々作れるようになって、子どもらを喜ばせたいのじゃ」

「……そうか」

　セイカは神様で、少し我が侭なところがある。

　でも根本的には人が好きで、人が喜ぶことをしたいと思っている。俺はそんなセイカだからこそ、こうやって一緒に過ごしているのだろうと思った。

（他の神様っていうのも同じような感じなら、争いなんてあんまり起きそうもないんだけどな……）

とはいえ、以前のセイカの話では神様にも色々居るらしい。

いつか、彼らと会うこともあるのだろうか。

「おーい、リューター！　そろそろ食べようではないか！」

「おう、それじゃあそれぞれ皿は持ったな？　順番を守って、好き嫌いせずに食べるんだぞ」

「おー‼」

セイカが声を上げ、動物たちが続く。

そして、俺と動物たちは一斉に声と鳴き声を合わせた。

『いただきます‼』

「うむ！　賞味せよ‼」

そうして、楽しい食事が始まる。

俺はセイカの皿に料理を盛り付け、セイカはそれを嬉しそうに受け取り、頬張った。

「あっつぅッ‼」

そして、悲鳴を上げた。

どうしてこうこいつは、最後までカッコ良く決められないのだろうか。

◇　◇　◇

「ふむ、これを樹の上に取り付けるのか」

食事のあと、俺はセイカと動物たちに定点カメラでの作業風景の撮影を提案した。

タイムラプスという奴だ。

「これをするとどんな良い事があるのじゃ？」

「うーん……」

タイムラプス撮影を考えたのは、動画サイトで似たような動画を見たことがあったからだ。人や重機が動いて、風景が変わっていく。

実際にその場で働いていると分からない時間毎の変化が、タイムラプスだとよく分かる。

「完成までにどんなことをしていたのか、どんな風に変わったのかがよく分かる。あと、みんなが頑張った姿が記録に残るから、あとで見直しても楽しいと思うぞ」

「……ふむ、確かにあとで皆の活躍を見られるというのは、なかなか楽しそうじゃ。こうして記録をしてみるのも悪くない」

セイカは最初こそなぜそんなことをするのだろうかと首を傾げていたけど、動物たちとの記録をあとで見返せると知ると乗り気になった。

きっとこれまでの信徒たちとの思い出を考えていたのだろう。

「妾の社がかつての姿を取り戻していく様を記録に残し、いずれ他の神にも自慢してやろうではないか！　我が半身、我が眷属の力を連中に見せつけてやるわ！」

セイカはそう言うと、カメラをリスのような動物に手渡した。

「これをあの樹の上にしっかりと固定するのじゃ。このガラスの部分を下に向けるんじゃぞ」

リスはセイカの命令に頷き、カメラを持って木を登っていった。

頂上近くで器用に木の蔦を使ってカメラを固定しているのが見える。

「うむ！　それでは作業を再開するぞ！」

セイカの号令が響き、動物たちが動き出す。

俺も動物たちと一緒に作業を再開した。

「……これで俺がいなくなっても、セイカは寂しくないかな」

俺がタイムラプスを提案したのは、俺がいなくなったあとに少しでもセイカの寂しさを減らすためだ。

セイカは俺が向こうの世界に帰るたびに、心配そうな、不安そうな表情でこちらを見詰めてくる。それは俺が二度と戻ってこないのではないかという不安を押し隠している表情で、きっとセイカは自分がそんな顔をしているとは思っていないだろう。

本人にそれを指摘したところで、きっと否定するはずだ。俺が戻ってこないなんて自分は心配していない、必ず戻ってくるのだからって。

でも、ずっとひとりぼっちだった現実がある以上、セイカは内心では不安でいっぱいだ。これが向こうの世界の話なら、通話アプリでもなんでも使って不安を取り除くことができる。

でも、向こうの世界とこちらの世界ではそんなことはできない。そもそもこちらの世界ではスマホはどこにも通じていなかった。

「ぐるぐる……」

くまさんが鋸をひきながら、俺に向けて不思議そうな目を向けてくる。

俺はそれに気づくと、なんでもないと手を振った。

「いや、夕食はなににしようかと思ってな。楽しみにしててくれ」

「ぐるっ！」

くまさんは俺の返事に大きく頷くと、再び鋸をひき始める。

俺はそれを見ながら、この気の良い動物と、セイカのためにできることはなんだろうと考え始めていた。

第五章　襲撃

「うまい！」

セイカの歓声がようやくできあがった庭に響く。

二週間ほどかけて動物たちと共にセイカが整備した社の庭は、俺が見ても見事だと思える出来映えだった。

こちらの世界の植物はよく分からないが、西洋庭園風のきっちりとした作り方をしてあって、確かにここが神様の神殿だと分かる。

「ふふふ、これだけ美味い料理になるなら、動物たちが張り切るのもよく分かる。ほれ、お前たちもどんどん食べるがいい！」

「‼」

セイカの言葉に動物たちが答え、騒々しい食事会が進んでいく。

あれから何度かこちらの世界と元の世界を往復して生活しているが、どんどんセイカたちの生活水準が上がっていくのが分かる。

セイカの力の源は信仰らしいが、これは別に信仰心に限定されているわけではない。

信仰の形は様々で、心であったり物であったりする。

特にセイカの場合は俺が丹精込めて作った料理という形で信仰を回復している。これは単にひとりの信徒が祈りを捧げるよりも遙かに回復する力が大きいという。

「別に信仰心がいらぬという訳ではない。ただ、妾のことを考えて、妾に捧げるために作られた料理にはたくさんの信仰心が詰まっている。それを直接口に入れるのだ。多くの力を得られるのも当然だろう」

以前のセイカはそう言っていた。

ただ、俺は信徒になったつもりはない。そんな俺が作った料理でも力が回復するという事は、むしろ神様側がどう受け止めるかの方が大切なのではないだろうか。

（そういえば、セイカが俺に気づいたときだって、俺は別にセイカに祈りを捧げたわけじゃない。でも、セイカはそれを信仰だと思い、力が回復した。やっぱり神様側の問題じゃないのか……？）

「うまっ！　うまっ！　うまぁーッ‼」

俺は鮭のホイル焼きを美味しそうに頬張るセイカを見詰める。

鮭を口の中に放り込み、白米を掻き込む。

それを何度も繰り返し、付け合わせの野菜をその合間に口に入れる。

「ううむ！　このバターというのはなかなかの味じゃな！　昔子らが持ってきてくれたが、もう味も忘れておったわ！」

「バターは塩と牛乳があれば作れるから、自分で作ってもいいかもな」

「ほうほう！　そうなのか！」

「バターメーカー持ってきてやるよ。それなら失敗せずに作れるはずだ」

「うむ！」

バターメーカーはどう考えても人を傷付けるものではないから、門を通れるだろう。

「そうだ、他にもこっちで作れそうなものがあるから、作っておいてくれないか？　そうすればこっちに来たときに作れる料理の種類が一気に増える」

「というと？」

「肉とか魚の干物だな」

「なるほど、確かに捧げ物として受け取ったことがあった」

「あと、こっちだと塩は岩塩みたいだけど、ここでも採れるのか？」

「うーん、どうじゃったかな。ただ、深いところに塩の気配はあるのう」

塩の気配というのがなんなのかは分からないけど、あるにはあるらしい。

塩はいくらあっても多すぎるということはない。どうにか手に入れたいところだ。

「……そういえば、俺はまだ他の人間に会ったことがないんだが、どこかに行けば会えるのか？」

「ッ‼」

楽しく食事をしていたセイカの動きが、まるで時間停止をしたかのようにぴたっと止まる。

そのままだらだらと嫌な汗を流しながら、セイカは壊れた玩具のような動きで俺を見た。

「……わ、妾を——」

「見捨てない、見捨てない」

俺は先回りして断言する。

どうもセイカは自己評価が低すぎて、ことあるごとに俺に見捨てられるのではと考えてしまう。

普通ならそんなことあり得ないと分かりそうなものだが、あまりにも長い間ひとりきりでいたせいで、自分に自信が持てないいんだろう。

あと、ひとりになってしまったという事実もある。

一度人々に忘れ去られたという事実は、どうしたところで消える訳じゃない。セイカ自身はそれを必死に忘れようとしているみたいだが、上手くいっているとは思えなかった。

「——近くに街はない。神域の中にいくつも村があったんじゃが、すでに捨てられておる」

「廃村ってことか？」

「うむ、若い連中が村から出ていって、年寄りばかりになっての。そうなれば生きていくにも不便じゃや、村を捨てても仕方がない」

「どこの世界でも似たような問題があるんだなぁ」

こっちの世界の人口推移は分からないが、人口が増えている国でも地域によっては過疎化が起きるらしい。

結局のところ、居住しやすいかどうかが問題になる。

「本当は、妾も新たに民を呼び寄せ、かつてのような活気ある生活をしたい。じゃが、見ての通り、妾自身ですら消滅しかける有様では、とても民に来てほしいとは言えぬ。苦労を掛けるのは分かりきっているからの」

「俺はいいのかよ……」

「お主は門の向こうから来るからいいのじゃ。モンスターの出る森を抜ける必要もなければ、山を越える必要もない」

俺の扱いが軽いのは非常に気になるが、セイカの言っていることも分かる。

ただ、俺がずっとこっちに来られるかどうかは分からない。

それまでに、セイカが生きていけるようにしてやりたい。

「……なにを考えておるのじゃ？」

「いや、俺がいなくなったあとのことを考えてたんだ」

「なっ⁉」

考えごとをしていたからか、俺はセイカの問い掛けに誤魔化しもせず答えてしまった。

そのせいで、セイカの顔色が一気に変わる。

「お、お主、それはどういうことじゃ！　妾を見捨てないと言ったではないか！」

「見捨てるつもりなんてないっての。ただ、俺はあくまでも一時的に向こう側の建物を使っているだけで……」

「何故じゃ！　お前の家であろうが！」

「仮にそうだとしても、忙しくて来れなくなるかもしれないし、事故で門が閉じるかもしれないだろ？」

「忙しいくらいなら、そう言えば待っておる！　お主にも生活があろう。でも、あの門は妾が開いたものじゃ！　閉じることなど……」

「あり得ないのか？　絶対に？」

俺がそう訊くと、セイカはぐっと押し黙った。

「――妾以上の力を持った神なら、閉じられる」

「他の理由で閉じたりはしないのか？　自然現象とか」

「どちらかの門が物理的に壊れれば、門も閉じてしまう……」

「つまり、地震とかで建物が崩れたら、門も閉じるわけだな」

「そうじゃ……」

セイカはがっくりと肩を落とした。

俺としてはただ可能性の話をしただけのつもりだったけど、セイカには別の形で突き刺さったようだ。

「そうじゃ、妾のようなちっぽけな神では、あの門すら守り切れぬのじゃ。お主が向こうにいるときにそうなるならまだ良い。もしもお主がこちらにいるときにそうなれば、お主は故郷に帰れなくなる……」

「――――そうか、そういう可能性もあるな」

セイカの言葉になるほどと思ってしまう。

そういう形でこっちに閉じ込められたら、もう一度門を開いてもらうしかないのだろうか。

「妾が無事なら、門などまた開けば良い。じゃが、妾に何かあれば、リュータは帰れなくなる。うう……妾はなんでこんな簡単なことに気づけなかったのじゃ……」

「セイカ……」

セイカはご飯茶碗を持ったまま泣いている。

ぽろぽろと涙を零し、服にシミがついた。

「リュータ、すまなかった。半身を得て浮かれておった」

「……いいさ、別に。今回の話だって、可能性の話だ。ここってかなりの田舎なんだろう？」

「うむ、さっきも言った通り、周囲には人っ子ひとりおらぬ」

「それはそれで問題だけど、そういう場所なら逆に厄介事もない。だから――――」

そんな顔をするな。

そう言おうとした俺は口を開き、直後に襲ってきた衝撃に舌を噛んだ。

「いだぁッ⁉」

「なんじゃあっ‼」

俺とセイカは揃って叫ぶ。

社が立っている山自体が震えているような強烈な振動。

でも、それは地震とは違う揺れ方だった。

断続的に揺れては収まり、揺れては収まる。

「これ、爆発か？」

「爆発……まさか、誰か妾の神域で戦っておるのか⁉」

セイカが茶碗に残った白米を口に詰め込み、さらに鮭と他のおかずもすべて口に放り込む。

それを高速で咀嚼し、ごくんと飲み込んだ。

「うむ！　此度の神饌でかなり力も回復した！　リューター！　不届き者を成敗しに行くぞ！」

「え？　俺も？」

「当然じゃ！　神が直接戦うのは神相手と魔の者とその眷属のみじゃ。人相手では戦えぬ！」

「俺に戦えってのか⁉」

「戦うと決まった訳ではない！　さあ、いくぞ！」

「お、おい！」

セイカは叫ぶと、庭から駆けだしていく。

神様なのに飛ぶ事もなければ転移することもない。

「待てっ！　おい！　こらセイカ！」

俺は慌てて立ち上がる。

なにか武器になるものはと周囲を見回していると、セイカの叫び声が聞こえてくる。

「なんじゃぁぁあああああっ⁉」

『セイカ！』

俺は仕方なく、かまどの火掻き棒を持って走った。

セイカの悲鳴は、社の反対側からだ。

◇　◇　◇

「こ、これは……」

社の表に出た俺は、目の前の光景に唖然としていた。

「わ、妾の神域が、こんな、こんな焼け野原に……」

セイカの言葉通り、目の前にあるのは深緑生い茂る森ではなく、爆発で抉られた荒野だった。

ちらほらと見える焼け残った木々が悲しさを倍増させている。

「うぉぉん……うぉぉん……」

変な泣き声を上げ始めるセイカ。

一度立て直した神域がこんな状態になって、やや混乱しているらしい。

いや、俺も自分や動物たちの作業がふきとんでかなりショックを受けている。ただ、それ以上にショックを受けているセイカがいるお陰で正気を保てた。

「セイカ！　気をしっかり保て！　お前がここの神様だろう！」

「そ、そうじゃ！」

俺が一喝すると、セイカが顔を上げる。

そして立ち上がると、すごい形相で周囲を見回し始めた。

「どこじゃ、どこにおる。妾の神域を荒らした不届き者は‼」

血走った目で周りを見るセイカ。

やがてその目がある方向でぴたりと停止した。

「あれじゃ！」

セイカが指差した先に目を向ける。

そこでは、女の子が巨大な化け物と、その取り巻きたちを相手に大立ち回りをしていた。

「飛んでる……」

女の子は空を飛んでいた。

どういう理屈かは分からないが、鳥よりも自由自在に空を飛び回り、巨大な化け物に魔法らしい光の弾を撃ちかけている。

「セイカ、あれってなんなんだ？」

「分からぬ！　じゃが、片方は魔の者で間違いない！　もう片方も、あれだけの力を持っているのは神で間違いないが……いったい誰じゃ……？」

セイカは目を凝らしてじっと戦いを見る。

うう一んと唸りながら目を凝らすセイカ。

俺はそれを見守ることしかできなかったけど、だからこそそれに気づけた。

（あれ？　なんか小さいのがこっちに飛んできてないか？）

大きな化け物の周囲を囲んでいた小さな化け物たちが、こちらに近付いてくる。セイカは女の子の正体を確かめるために集中しているのか、その接近に気づいていないようだった。

「セイカ！」

俺は叫んだ。

セイカが慌ててこちらを向く。

「あれを見ろ！　こっちに近付いてきてる！」

「なぬっ⁉」

セイカが飛んでくる化け物たちに気づいた瞬間。

その化け物たちの口から光が放たれる。

「なぁッ⁉」

ひゅんひゅんと飛来する光の玉。

それは次々と俺たちの周りに着弾し、爆発を引き起こした。

「ぬぉおおおおッ⁉」

セイカが慌てて自分と俺を包む光の膜を作り出す。

まさにバリアーという感じのそれに光の玉が直撃して、目の前が一瞬白く染まる。

でも、光の膜はビクともしていない。セイカの神の力はちゃんと戻っているらしい。

「い、いかん！　我が神域がぁッ‼」

でも、セイカはまったく喜んでいない。

それどころか、周囲に爆発が起こるたびに悲鳴を上げている。

「ううっ！　やめよ！　やめるのじゃ！　お主ら、ここをどこと心得ておる⁉　我が神域、我が庭じゃぞ⁉」

「魔の者っていうくらいだから、そういうの気にしないんじゃないか？」

「むきぃいいいいいいいいッ‼」

俺のツッコミに絶叫するセイカ。

「あっちはそれでも良い！　じゃが、神の方もまったく気にしておらんではないか！　ここが別の神の庭であるかもしれぬと思わんのか‼」

「いや、それは本人に訊かないと分からないだろ」

「むっきぃいいいいいいいいいッッ‼」

先ほどよりもさらに大きな声で絶叫するセイカ。

頭の血管が切れるのではないかと心配になるほど、顔に青筋を浮かべている。

「――あ」

そして、俺は気づいた。

ひとつの光球が、社への直撃コースに乗っている。

「セイカ！」

俺は叫んだ。

セイカも気づいた。

でも、遅かった。

「あっ」

俺とセイカが叫ぶ。

「あぁぁぁ～～～～……」

直後、光球は社に命中し、半分くらいが吹き飛んだ。

「ふ……っ」

ぐらりとセイカの体が揺れる。

そのまま俺の方に倒れ込んできたセイカを、俺は慌てて抱き留めた。

「セイカ！　しっかりしろ！」

「リュータ、妾の、妾の社が……」

「分かってる！　また立て直せばいい！」

「……そうか、そう言ってくれるか、でも妾はもう駄目じゃ。ぽっきりいってしまった」

「セイカ……」

セイカの目から、光が失われている。

せっかく立て直した社と神域をめちゃくちゃにされたショックで、色々なものが壊れたらしい。

神様もぽっきりいっちゃうんだな。

「……リュータ、我が力を預けておく。すまぬ、妾が不甲斐ないばかりに」

そう言ってセイカが俺の手を掴むと、そこから温かな力が流れ込んでくる。

セイカの体温と同じくらいの温かいそれが、セイカの力だと分かった。

「半身ならば、神の同意さえあれば同じだけの力が使える。すまぬ、妾のこの心ではもう戦えぬ。あとを頼む」

「――分かった」

いくら神様でも、耐えられる現実のキャパシティというものがある。

特にセイカのような性格だと、その限界値はかなり低いようだ。

「う……」

がくりと首を折るセイカ。

同時に光の膜が消失する。

「おい！　誰か！」

俺がそう叫ぶと、社の方から動物たちが走ってくる。

どうやら無事だったようだ。

「悪いけど、セイカのことを頼む。俺はなんとか飛んでくる奴だけでも撃ち落としてみるから」

「‼」

動物たちがそれぞれの方法で敬礼してくれる。

本当に器用だなこの動物たち。

わぁーっと社の方に逃げていく動物たち。

俺は手に持った火掻き棒に、セイカの力を流し込むようなイメージをする。

「ええと、こんな感じで……」

信仰の受け止め方が神様の気持ち次第なら、神様の力というのは心とか感情に密接に関わる力だ。

なら、こうやって考えるだけでもその力を使えるはず。

「おっ」

俺の予想通り、火掻き棒がほんのりと光を放つ。

セイカと同じ温かさの光を宿した火掻き棒を、俺は空に向かって構えた。

そして――――振る。

「おりゃあああっ‼」

ぶおん、という風の音と共に、三日月状の光が放たれる。

それは社に向かっていた光球を撃ち落とすだけではなく、その向こう側にいた小さな化け物たちをも叩き落とした。

「よし、行ける！」

俺はそう叫ぶと、もう一度火掻き棒を振りかぶる。

今度はもっと上手く、イメージをより鮮明にする。

「そりゃっ！」

二発目の攻撃は、もっと細い三日月だった。

しかし威力は先ほどよりも高く、次々と光球を斬り裂いていく。

「ちっ、こっちに気づいたか」

だが、そんな風に光球を撃ち落としていれば、化け物たちに気づかれるのも当然だ。

奴らは次々と俺に向かって進路を変え、真っ直ぐに突っ込んでくる。

「まとめて吹っ飛べ‼」

だから、俺からすればいい的だ。

あまり頭が良くないのか、それとも獣の本能に従っているのだろうか。

奴らが俺の前に一直線上に並ぶのを待ってから、俺は気合を入れて火掻き棒を振るった。

「そりゃぁぁあああああッ‼」

これまで以上の気合を入れたお陰で、光の三日月はさきほどまでよりもさらに大きく、鋭かった。

それは次々と射線上の化け物を撃ち落とし、その奥、巨大な化け物の眼前を通過した。

「げっ」

その瞬間、巨大な化け物がこちらに目を向ける。

でも、それが隙になった。

「あっ」

化け物と戦っていた女の子がその隙を逃さず、一気に距離を詰めて一撃を見舞った。

たぶん、槍みたいなものを突き刺したんだと思う。

大きな化け物は女の子が突き刺した部分から光を放ち、そのまま消滅した。

「……勝ったのか、あの子」

俺は空中に浮かんだままの女の子を見上げる。

女の子も、俺に気づいているようだ。

「あ、こっちにくる」

ただ、女の子は俺にちらりと目を向けると、そのまままっすぐに社に向かっていく。

もしかしたらセイカに気づいたのかもしれない。

「……なにもおきなきゃいいけど」

俺もその後に続くように、社へと向かった。

◇　◇　◇

「きさまぁぁあああっ‼」

社に到着した俺を出迎えたのは、セイカの絶叫だった。

今日叫んでばっかりだな、あいつ。

「貴様！　貴様！　貴様ぁっ！　我が神域でなにをしておるのじゃ！」

「……普通に戦っただけ」

セイカに襟を掴まれた状態の女の子は、静かな声で答えた。

セイカは襟をがくがくと揺さぶっているのに、女の子は微塵も揺らいでいない。

「貴様、北の戦神ヴェータじゃな！　どうして我が領域であんな戦い方をした！」

「ここに神域はなかった。だから戦いの場所に選んだ。なんでここにいるの？」

「ここは！　我が！　神域じゃ！」

「……でも、ひと月前の調査ではそんな反応はなかった。ここにあったのは、かつての神の神殿の残骸だけ」

「残骸にしたのはお主じゃ！　せっかく、せっかく立て直したのに……どうして、こんなぁ……」

セイカが涙声になる。

俺はこれ以上セイカに喋らせるのは無理だと判断し、女の子――ヴェータの前に出た。

「ええと、初めまして」

「――はじめまして」

そこで俺ははじめて、ヴェータという女の子を近くで見ることになった。

セイカよりもやや年下に見えるスレンダーな女の子。セイカのいっているような戦神というには華奢だけど、その手には巨大な槍？　中世の騎士が持っていそうな円錐状の槍を持っていた。

「俺はセイカの……なんだろう。とりあえず、ここで彼女の手助けをしている隆太」

「ヴェータ」

「そうか、そのヴェータは、ここにセイカの神域があるとは知らなかったのか？」

「──うん」

ヴェータは頷く。

「じゃあ、わざとじゃない？」

「────うん」

なんだろう、ヴェータの返事がどんどん間延びしていく。

それに、ふらふらしているような……。

「ヴェータ？」

「………うん」

俺が名前を呼んでも、ヴェータの視線は俺を捉えていない。

返事をしたのも、まるで譫言《うわごと》のようだった。

「む？　おい、ヴェータ。どうした？　妙に神威が陰っておるぞ」

さすがにセイカも異変に気づいたらしい。

ヴェータの肩に手を置いた。その途端、ヴェータの体がぐらりと傾き、こちらに向かって倒れ込んでくる。

「うおっ」

俺は慌ててヴェータを抱き留める。

そして、彼女の体温がかなり低いことに気づいた。

「ぬおっ⁉　お主、我が半身に抱き付くとはいったいどういう了見じゃ！」

「セイカ！　この子、大丈夫なのか⁉　なんか全然体温を感じないんだけど！　それによく見たら、体中に傷がある！」

「なぬ？　む、いかん、力が消えかけておる。あの戦いでこの者も消耗しておったか」

「どうすればいい⁉」

「ううむ、そうじゃな。この子の信徒は多い、しかしここまで消耗していると祈りだけでは回復が追いつかぬ。ならば……」

セイカが半壊した社に目を向ける。

そこには、壊れた台所から零れ落ちた食材たちがあった。

◇◇◇

「ヴェータを我が客人とすれば、妾に捧げられた神饌でもヴェータを回復させることは可能じゃ。無論、かなり回復の量は落ちるじゃろうが、なにもせぬよりは良い。リュータ、手早くなにか作ってくれんか？」

セイカにそう頼まれた俺は、台所に立っていた。

ただ、先ほどの騒動でかなりの食材がダメになっている。さらにいえば、あの状況では食べられるものは限られるだろう。

「なら、お粥とかになるかな」

病人食の定番といえばお粥だ。

幸い塩おにぎりがいくつかは無事だったし、調味料も大半が残っている。

病気ではないから、食べやすく具だくさんのお粥を作るとしよう。

「まずはささみ肉だな」

俺はささみ肉を取り出すと、それを茹で始める。

その間に他の材料も用意していくが、基本的には野菜だ。仕上げに卵を使えば、彩りもいい。

「キャベツと白菜、ニンジンと……」

あとはネギやキノコの類も食べやすい大きさに切っていく。

ささみが茹で終わったので、それを解して、大きなものは切る。それらの材料を一緒に煮ていく。野菜の色が鮮やかなうちにどんどん調理を進めていく。

自分だけだったら見た目なんてどちらでもいいけど、客に食べさせるとなると見た目も気にしないといけない。

緑も鮮やかなお粥を見ていると、ふと近くの棚に置いてある缶が見えた。

「そうか、カレー粉もあったな」

俺は塩やコショウで味を調え、カレー粉を少し入れる。カレーの匂いが食欲をそそるといいなと思ったが、なかなか悪くない。

あとはご飯を入れて、沸騰しない程度に一煮立ちさせる。

「仕上げに卵を入れれば……」

手早く完成したカレー風味のお粥に、俺は何度も頷いた。

「付け合わせは作ってあるものを一緒に出すか」

俺は棚の中にあったおかずをいくつか皿に出した。

鶏のそぼろや酢の物、ひじきの煮物なんかを小皿に入れてお粥と並べれば、怪我人が必要とする栄養もばっちりだ。

ただ問題があるとすれば、こちらの世界の住人の舌に合うかどうか。

セイカですら、最初は俺の料理の味に驚いていた。そうなると、こちらの世界と俺の世界ではかなり味付けというものが違うことが分かる。

そもそも調味料自体があまりないし、当然といえば当然かもしれない。

「……まあ、何事もやってみないとな」

俺はこれがあの神様のお気に召せばいいと思いながら、三人分の料理をお盆に載せてヴェータが寝かされている寝室へと向かった。

◇　◇　◇

「──美味」

ヴェータは恐ろしい勢いで俺の作ったお粥をかき込んだ。火傷しないかと心配になったけど、さすが戦神というべきか、まったく気にしていない。

普段のセイカなんて目じゃないような速さで次々と食べ物が彼女の細い体の中に消えていくのを、セイカと俺は呆然と見送るしかない。

「なんじゃこいつ、食い過ぎじゃろ」

「いや、普段のお前もいい勝負だから」

思わずツッコミを入れてしまったけど、神様ってみんなこんな感じなのか。

とにかくヴェータはまるで吸い込むように料理を平らげていく。

さすがにセイカと俺の前に並べてあったものまで手を出すような卑しさはなかったが、それでもテーブルの上に並べた料理の大半はヴェータの胃の中に消えた。

「──けぷ」

満足そうにゲップするヴェータ。

でも、セイカと違って体型に変化はない。それどころか、全身の傷があっという間に塞がってしまった。

「美味。とても素晴らしい味だった」

「そうか、それはどうも」

「ぬぅ……妾の半身の料理なのに、なぜこの者までああも回復するのじゃ……まさか浮気か……いやしかし、複数の神を信仰するなど、いやいや、リュータは別の世界の住人、この世界の常識に当て嵌めるのも……ぐぬぬぬ……」

隣でぶつぶつと危険なことを呟いているセイカは放っておくとして、ヴェータの体調は確認しておきたい。

「体調は大丈夫そうか？」

「うん」

ヴェータはそう言って、腕をぐるぐると回す。

さらに立ち上がると、ぴょんぴょんとその場で跳ねて見せた。

その動きに合わせて、結ばれた髪と服の裾がふわりと弾む。

「ならよかった」

「――ねえ」

ヴェータが急に距離を詰めてくる。

薄い体つきだから、近付かれるとほとんど密着するような状態だ。

「な、なんだ？」

「あたしのものにしてあげる。行こう」

そう言ってヴェータは俺の手を取る。

そしてそのまま立ち去ろうとして――

「まてぇえええええいッ‼」

セイカに遮られた。

「お主！　神域をめちゃくちゃにしただけでは飽き足らず、我が半身まで連れていくつもりか⁉」

「半身？　だって契約はされていない」

「そ、それは、妾の力が戻っていなくて、だな」

「なら、半身じゃない」

「妾の力を振るったのだぞ⁉　実質半身みたいなものじゃろう！」

「実質なら、まだ違う」

「違わない！」

「違う」

「違わない‼」

「違う」

俺の目の前で言い争うふたりの神様。

どっちも女の子の姿だからちょっと戸惑うけど、そのやりとりを動物たちが恐る恐る眺めているのを見るとやっぱり危険な状態なんだと思う。

それに、ふたりとも俺の意見は無視している。

「なあ」

だから、俺はふたりの争いに口を挟んだ。

「なんじゃ⁉」

「なに？」

ふたりが同時に俺を見る。

「……俺の家、ここからしか帰れないから、どこかに行くのは無理だ」

「そうじゃ！　リュータの世界に通じている門は妾の……」

「それならあたしも作れる。好きな場所に繋いであげる」

「そんなことできるのか？」

「できる。あたし強い神様だから」

「ぬぉおおおおおおおっ‼」

ヴェータのひと言に、セイカがブチ切れた。

そりゃもう、ぶちんという音が聞こえるような勢いで。

「お主ッ！　いい加減にせよ！　この者は妾のモノじゃ！　くれてはやれん！　いいからさっさと帰れ‼」

「いや、セイカのものじゃないけど」

「じゃあ大丈夫だね」

「だいじょうぶじゃなぁぁあい‼」

セイカはびしっと社に指を突き付ける。

「リュータ！　お主この建物とお主の家が同調していることを忘れたか！　このままでは向こうの家も半分壊れた状態じゃぞ‼」

「はッ⁉」

そういえばそうだった。

もしも今向こうに戻ったら、あのログハウス半分崩れてるってことか。

いや、でもこっちの建物がかなり壊れているときも、向こうは形を保っていたし、半分くらいの壊れ方なのか。

でも、それだってかなりヤバい。せっかく直したのに、また壊したと思われかねない。

「ヴェータは帰れ！　妾とリュータは建物の修理をする！」

「……それなら、あたしも手伝う。力のない神なんかよりも役に立つ。戦いには建築もある」

「貴様、なにを……」

「早くしないと日が暮れる」

「ぐぬっ」

戦いの神というだけあって、ヴェータの押しはかなり強い。

セイカはヴェータにたじたじだ。

「リュータ！　お主からも言ってやれ！」

セイカは自分だけでは分が悪いと判断したのか、俺に増援を求めてくる。

でも、俺にとってはヴェータがいてもいなくても、やることは変わらない。

手伝ってくれるというのなら、そちらの方が良い。

うん、正直にそう伝えよう。

「いや、俺は……」

「リュータ⁉」

がびん、とショックを受けた様子のセイカ。

どうして俺がヴェータを追い出すことに賛成すると思ったのだろうか。

「いや、ただ手伝ってもらった方が早いっていいたかっただけだぞ」

「しかし、我が社を他の神の手で再建するなど……」

「このまま壊れたままの方が問題だろう。俺だってそんなに長くはこっちに居られないし、セイカと動物たちだけで直せるのか？」

「うう……それは……」

セイカは俺と壊れた社の間で視線を彷徨わせる。

やがて、セイカはがっくりと肩を落とした。

「……分かった」

「正しい判断。急いで作業を始める」

そう言うと、ヴェータは持っていた槍を振るう。

すると槍は光を放って形を変え、斧になった。

「戦いでは陣地も作る。陣地もあたしの権能に含まれる。だから……」

その場で斧を振るうヴェータ。

すると突風が森を吹き抜け、直後に木々が根元から切断されて倒れる。

「おお……」

「わ、妾の森が……さらに……」

感心する俺と、森林破壊に震えるセイカ。ただ、自分の社を建て直すためだからか、さすがに文句も言えないらしい。

「木を生やすのはそっちに任せる。あたしは守るか、壊すのが専門」

「ええい！　分かっておるわ！　うう……リュータ、頼んだぞ」

セイカは屈辱に打ち震えながら、伐採された木の根に神の力を込める。すると根元近くから新しい苗木が顔を出し、すくすくと成長を始める。

普通の木の大きさになるまでどれくらいかかるか分からないが、少なくとも自然に任せるよりははるかに早い。

「ほら、建物を直す」

「お、おお」

俺はヴェータに背中を押され、崩れた建物の中から大工道具を引っ張り出す。

（何か妙なことになったなぁ）

そんなことを思いながら、俺は社の壊れた部分の修理を始めるのだった。

◇　◇　◇

ヴェータの言葉通り、彼女は基本的な木材加工の技術はきちんと持っていた。ただ、あくまでも戦場での建築が権能に含まれているだけで、細やかな作業とかはまったくできないらしい。

「戦場でも丁寧な仕事は必要。でも、神だから」

ということで、個人的な得手不得手もあるようだ。

「この森の動物たちは手際がいい。不思議」

ヴェータは自分が斬り倒した木材を運んでいく動物たちを見詰め、そんな風に呟いた。

「ヴェータの眷属には動物はいないのか？」

「いる。でも戦いで使う動物ばかり。馬とか」

それはそれで、戦神の眷属としては納得できる。

「でも、戦えるだけ。それ以上のことはできない」

「やっぱり神様ごとに眷属の力も違うのか？」

「違う。神々が望む力を使う」

ヴェータがいうには、眷属というのは神々がその権威を示すために作り出す存在なのだという。

動物を眷属にする場合もあれば、一から作る場合もある。

「この武器もある意味では眷属」

そういって斧を振るヴェータ。すると斧は大剣へと姿を変え、再び振るわれるとまた斧に戻った。

「これはあたしが作った、あたしの半身」

そうか、半身っていうのは生き物である必要はないのか。

当たり前といえば当たり前の話だ。

「そもそも、なんでセイカは俺を半身にしようなんて思ったんだろう。ヴェータの武器みたいなのでもいいんじゃないか？」

「……それは分からない。ただ、半身は神が神であるために不可欠。自分にとっての鏡。だから、とても大事。――だから一緒に行こう」

いや、なんでそうなる。

「さっき話したけど、俺はここから動くつもりはないよ。セイカも心配だし」

「……そう、とりあえず今日のところは納得しておく。でも、あの料理は美味しかった。もっと食べたい」

「料理かぁ……」

もしかしたら、ヴェータは俺が欲しいというよりも料理が目的なのかもしれない。

「じゃあ、修理が終わったら俺の好物の料理を作ろう」

「本当に？」

ヴェータの目付きが変わる。

明らかに戦意に充ち満ちた、まるで戦いに赴くような目付きだ。

「あ、ああ、本当だ。材料はたぶん残ってるし」

「分かった。任せろ」

ヴェータの声はこれまでに比べて力強かった。

そして――

「わーっはっはっはっはっ‼」

修理が終わった社の上で、セイカが高笑いを上げている。

ヴェータの力は凄まじかった。

あっという間に木材を切り出したかと思えば、大剣を使って大まかな加工をして動物たちの作業を大きく減らした。

その結果、凄まじく作業が捗り、半日でほとんど修理が終わった。

俺は約束通り、ヴェータに夕食を作った。

「カレー……？」

俺の好物、それはカレーだ。ただ、あまり手間は掛けられなかったから、持ってきたルーを使ったカレーを作り、別の鍋でシチューを作った。シチューの方には野菜を追加したり、固形ブイヨンを追加して味に深みを与えてある。

似たような料理、似たような材料ではあるけど、それだけにこだわればキリがない。

ただ、そうした手間暇はきちんと味という形で返ってくる。

「――――美味」

ほわぁん、という擬音が聞こえてきそうな表情で感想を述べるヴェータ。

隣で似たような表情を浮かべるセイカ。

「ううむ、なかなかに良い味じゃゃ。体に染み渡っていく。失った力も取り戻せて、一石二鳥じゃゃ！」

ふははは、と胸を張るセイカ。

さらにヴェータを煽るような表情を浮かべる。あれだ、ＳＮＳに流れてきた「にひひ」と笑う女の子が浮かべる感じの顔。

「ふふーん、我が半身の料理の真の効果は、リュータの神たる妾にのみ発揮される。怪我も癒えたお主にとってはただ美味いだけの料理じゃろうがな。ふふふーん」

それに対するヴェータの反応は、あっさりしたものだった。

「別に、あたしも力回復してるから」

「なぬっ⁉」

慌ててヴェータをじっと見詰めるセイカ、たぶん神様の力でヴェータの言っていることが本当か確かめているんだろう。

しばらくじっと、睨み付けるようにヴェータを見詰めていたセイカだけど、がたがたと震え始めて、最終的には涙目で俺を振り返った。

「リュータ！　どういうことじゃ！　なぜこの者まで力を取り戻しておる！　お主、妾ではなく、この者の半身となったのか！」

「いや、そもそもお前の半身とやらにもなった覚えはないし、俺は単に、手伝ってもらったお礼におもてなしをだな……」

「それじゃあああああっ‼」

「うお⁉」

セイカは俺に縋り付く。

「何故、原因を作ったこの者を歓待する⁉　怪我人を癒やすのは土地の主人の務め故構わぬ！　じゃが神饌とはそこに込められた気持ちを喫するもの。そこに感謝や労りがあれば、神の力となってしまうのだ！」

「別に悪いことじゃないだろ。実際ヴェータがいなかったら、日が暮れるまでに修理は終わらなかったし」

「それは……」

「それにだ」

俺はセイカを引き剥がしつつ、その目を真っ直ぐに見詰める。

ちょっとだけセイカの頬が赤くなった。

「余所の神様に失礼な態度を取るようなのがここの神様だっていう評判が立ってもいいのか？　自分のことを認めさせたいんだろう？」

「ぐぬ……」

「心配しなくても、俺はヴェータのところに行くつもりはない。お前が言ってた通り、お客さんをもてなしたと思えばいいだろう」

「もてなし……」

その言葉を呟いたセイカの目が、きらんと輝いた。

「そうじゃ！　もてなしじゃ！　客！　客をもてなしたのじゃ！　神たるもの、怪我人を癒やすのも、他の神を招いて饗応《きょうおう》するのも当然！　今回の食事も饗応じゃ！」

自分の中で理屈を付けることができたのが嬉しいのか、セイカは上機嫌になる。セイカとしては自分の半身と思っている俺が他の神様にも同じことをしたのが気に入らなかっただけで、別にヴェータそのものが嫌いなわけではない。

そもそもそんな風に他人を貶す性格でもないだろう。

「なるほど」

ヴェータはセイカの言い方に怒るような事もなく、さらに料理を口に運ぶ。

そして満足そうに頷いたあと、俺に向かって言った。

「また作ってほしい。この料理はあたしに合っている。戦いの前に食べたい」

「ぬあっ⁉」

セイカがまた奇声を上げているが、俺は気にせずに続けた。

「そうか？　でも戦いの前となると、余計なもの食べない方がいいんじゃないか？」

「余計なものじゃない。これを食べると強くなる。強くなって、戦神として勝利を捧げる」

「貴様……ッ！」

「饗応なら、客が来たらもてなすものだ。セイカ、先ほどの言葉、神の言葉を翻すつもりか？」

「うっ」

セイカの反応を見るに、自分の言葉を翻すということは神にとってやってはいけない事なんだろう。

まあ、神様が自分の言葉に責任をもてないとなると、神様としての立場とかがなくなるもんな。

そのあたり、謝罪と訂正でなんとかなる人とは違う。神様が謝罪と訂正なんて言い始めたら、世界中の宗教が大混乱に陥るだろう。

「――あ、あくまでも饗応じゃぞ？　お主にリュータをやるわけではない」

「分かってる」

「本当に分かっておるのか？」

「分かってる。証拠に、ここに戦神ヴェータとして宣言する」

ヴェータがそう口にした途端、場の空気が一変する。

一気に張り詰めた空気は、まるで荘厳な神殿の内部のような雰囲気だ。

これから神の啓示が降りるというのが、俺にも理解できる。

「『この地は神セイカの神域であり、この社は神セイカの神殿である。神セイカはこの地にて、他の神を歓待する』」

ヴェータが言葉を終えると、空気が一気に緩む。

俺は自分が冷や汗を滲ませていることに気づいた。

セイカというちょっと抜けた神様しか知らなかったせいで神様に対する認識が甘かった。普

通の、上位者としての神様もきちんと存在するんだな。

「これでいい？」

「お、おお……この力、久方ぶりに神域に力が満ちておる……」

ヴェータの宣言により、少しだけ周囲の雰囲気が変化している。

なんというか、神々しさが増したというか、これまでは単なる山の中の山小屋という感じだった社が、霊山にある神社仏閣みたいな雰囲気を纏い始める。これが本来の神様の力ということか。

「じゃあ、あとは頑張って。あたしが宣言したのは他の神も気づくだろうから」

「……なぬ？」

「あなたは神をもてなすといった。なら、その約束を果たしてもらう」

「あっ」

そう、セイカは他の神様に認められたことを喜んでいたけど、逆に言えば他の神様がここに来て料理を食べることを絶対に拒絶できない。

「図ったなぁ！」

「気づかない方がおかしい」

「むきぃいいいいいいっ‼」

俺はセイカの絶叫を聞きながら、来週の献立を考え始める。

現実逃避といってもいいかもしれない。

「……来週は揚げ物にしよう」

コロッケにメンチカツ、唐揚げにフライドポテト。

揚げ物はきちんと作ればだいたい失敗がない。

「神様なら油に負けることはないだろうしな」

俺は動物たちに野菜を作るための畑を作れないか相談するために、神様ふたりが言い合う現場から離れるのだった。

第六章　神々のレストラン

「ヴェータ様！」

面倒な連中に見つかった。

あたしは神殿の中庭で寝転がっていたところに声を掛けられ、顔を顰める。

「南方の山にて神託を下されたと聞きました。なぜあのような場所で……しかも、ちっぽけな土地神の神域を認めるなど……」

「その地になにがあるというのですか？」

あたしを取り囲むように迫ってくるのは、あたしの神殿の神官たちだった。

誰も彼も筋肉だるま。

あたしは一度もそんなことを言ったことがないのに、勝手に戦神の信徒は戦いに備えて限界まで心身を鍛え上げなければならないなんて教義を作られてしまった。

おかげであたしのまわりにいる連中は、みんな暑苦しい。

あたしのことを慕ってくれるのは分かるけど、本当に暑苦しい。

「ヴェータ様！」

その暑苦しい顔がいくつも近付いてくる。

あたしは仕方なく、質問に答えた。

「……レストラン」

「は？」

「あそこにはあたしのレストランがある」

レストランというのが、人間たちがものを食べる店だということは知っている。

あそこはセイカの神域なのだから、あたしは客、客がご飯を食べる場所はレストランだ。

「レストラン……？」

「あのような場所に？」

神官たちは困惑しているようだった。

あたしがそういう場所に興味を持たないことを知っているから、戸惑っているんだろう。

仕方がない。

「魔獣との戦いで傷付いた体、そこの料理で完全に治った。だから認めた」

「なんですと⁉」

「ヴェータ様の体を癒やす料理⁉」

「そ、それはその土地神が作った料理なのですか⁉」

神官たちが騒がしい。

いったいどうしてだろう。

「ううん、普通の人間。神の力を使って料理してるわけでもない」

「――なんと、まさかこの世にそのような料理人がいるとは」

「我が地の最高の料理人が作った供物にまったく興味を持たなかったヴェータ様が……」

別にこの土地の料理人が作った料理がまずいわけじゃない。

ただ、その料理は美味しいだけ。

信仰しか感じない。

食べても、暖かくならない。強くなるだけ。

あたしはリュータの作った料理を思い出す。

「………」

どれもこれも、素朴な味わいだった。

緻密な計算なんてない、ただ、自分が美味しいと思えるものを、相手を想いながら作っただけの料理。

自分が美味しいと思うものを、相手にも美味しいと思ってほしい。そんな気持ちが込められた料理。

神殿で料理人が作る、あたしへの恐れが込もった料理とはぜんぜん違った。

人は神を恐れる。それは仕方がない。でも、恐れは食べ物を冷たくする。その冷たさがいいという神もいるし、あたしだってそれが当然だと思っていた。

だから、あそこでリュータの料理を食べてびっくりした。温かくて、あたしの体を包み込んでくれて、怪我も治してくれた。

他のどこでも食べた事のない味だった。

それは、あたしに料理に対するまったく新しい考えを与えてくれた。

「……また、食べたいな」

あたしの口から、そんな言葉が漏れる。

「な……」

「ヴェータ様が、食べ物に執着を……？」

神官たちが驚いている。

なんでだろうと思ったけど、よく考えたら今までなにかを食べたいと言ったことはなかった。

差し出されたものを食べるだけ。

何を食べたいか聞かれることもあったけど、なんでもいいと答えるだけだった。

だって、どれも同じ味にしか思えなかったから。

「そ、その人間を連れてくるべきでは？」

「いや、しかし土地神とはいえ別の神の神域だぞ？」

「なら、人をやってその味を再現させれば……」

神官たちの言葉の中に、聞き捨てならないものが聞こえた。

あたしはがばっと身を起こし、神官たちを睨む。

神官たちがぎょっとしてあたしを見る。

あたしはそんな神官たちの表情に気づかないまま、低い声で言った。あたし自身が聞いたことのない、低い低い声だった。

「あそこは神のレストラン。人の身で立ち入るな」

あたしが思わずそう口にすると、神官たちは顔を真っ青にした。

そしてすぐに平伏する。

「お、お許しを！　愚かなことを申しました！」

「我ら、かの地を禁足地とし、何人たりとも立ち入らぬよう通達いたします！」

「ん、それでいい」

これでリュータの料理を食べる邪魔をされることはない。

「んふ」

リュータは週の終わりだけあの土地に来るらしい。

「レストランに持っていくお土産を狩る」

「で、でしたら、北東の山に魔猪が出没するとの報告がありますが……」

「それだけじゃ飽きる」

猪肉だけでは足りない。

「な、ならば東部の湖で魔鯨の討伐依頼が……」

「……分かった」

魔鯨を倒すついでに魚も集めよう。

あたしは立ち上がり、槍を作り出す。

さらに戦装束を纏い、空に跳び上がった。眼下で神官たちが平伏しているのが見える。

あたしが戦いに赴くと思っているみたいだ。

「まあいいか」

とにかく、あのレストランに首を突っ込まなければそれでいい。

あたしが美味しいと思える料理はあそこにしかない。

リュータだけが、あたしを満足させられる。

「……ふふふ」

なら、あたしもリュータを満足させないといけない。

神様は、与える者。

与えられる者になってはいけない。

◇　◇　◇

「くしゅん」

「なんじゃ、病でも患ったか？　無理はいかんぞ。妾の力がもう少し強くなれば、お主に病にかからぬ体をくれてやれるのだが……」

「そういうのは良いって、それよりも……」

俺は社の中に目を向ける。

そこには、たくさんの人がいた。

「ワシの頼んだ料理はまだか！」

「こっちが先だ！」

「ふざけるな！　我輩を誰だと思っている！　帝国宰相を代々務めるグリンウッド家の……」

「落ち目の帝国がなんだ！　こっちはセードラック共和国の上院議員だぞ！」

「平民が偉そうに！」

「老害貴族がなにを言う！」

喧騒。

というか、もはや暴動に等しい。

「なんでこんなことに……」

「うう、すまぬ。すまぬ」

セイカが俺の前で土下座を決める。

神であるセイカがこんな態度を取るのも、この原因を作ったのがヴェータとセイカだからだ。

ヴェータの言葉通り、この社のことはすぐに神様たちの間で話題になった。

そして神様の間で話題になったことで、神様に近い人々の間でも話題になった。

神様に近い人たちというのは、要するに国の偉い人たちだ。

彼らは最初、セイカという小さな神様の神域なんて気にもとめなかった。

でも、ヴェータが手土産に食材を持って毎週のように通ってきて、ヴェータの知り合いの神様たちにも料理を振る舞うようになったことで、人々の認識も変化した。

『あの地には、神の力を得られるレストランがある』

というような感じの噂が出回り、特別な力を求める人々が大挙して押し寄せてきたのだ。

そこでセイカがきちんと対応すればよかったのに、彼らがもってきた供物に目がくらんで、『この地は、この地の神セイカを認めるのならば、神も人も等しく歓迎する！』なんて宣言をしてしまった。

セイカにしてみれば、直接信徒にならなくても、存在を認めてもらえるだけで多少力を得られるから、そんなことを言ってしまったのだろう。

でも、それは俺になんの相談もなく行われてしまった。

「――分かってると思うけど、俺料理人じゃないし、そんなにたくさん料理は作れないぞ」

「いや、お主が作れるもので構わぬ。この地で、お主が作ったという事実が大事なのじゃ。それだけで、お主の料理には力が宿る」

　セイカは土下座したまま、不機嫌な俺を宥める。

　神様なのに、なんでこんなに腰が低いんだ。

「それに、この者たちに訊いたところ、あくまでも神と直接関われる立場の者たちにしか知られておらぬらしい」

「つまり、この騒ぎは一過性のものだと？」

「うむ」

　神様の力を得られるものを、大々的に宣伝するわけもないか。

　実際にそういう力が得られるのかは分からないけど、自分が権力者だったら、他の人がそういう力を手に入れるのは困る。

「……でも、それでもかなりの人数なんだけど」

「そ、それは……妾も手伝うし……」

「それでも足りないと思うんだけど？」

「わ、妾がふたりぶん働くし……」

「本当に？」

「神は嘘を吐かぬ……たぶん……」

「……ふう」

俺は台所でため息を吐いた。

リビングのような広間では、テーブルに着いた偉い人たちが喧嘩を始めそうになっている。

空腹なのかもしれない。

ただ、ここにいるのが各国の偉い人たちということは、ここでの争いがそれぞれの国同士の争いに発展しかねないということでもある。それはとても困る。

世の中にはとてもくだらない理由で始まる戦争もあるんだ。

「分かった。とりあえず作れるだけ作る」

「おおっ」

「でも、材料なくなるから、お前とヴェータの分はなしな」

「なにっ⁉」

まあ、ヴェータは自分の分の材料は自分で持ってくるだろうから、なくなるのはセイカの分だけだろうけどな。

というか、今食料庫にある食材の半分もヴェータが持ってきてくれた各地の食材ばかりだ。

肉から魚、よく分からない生き物の肉がヴェータの手土産として食料庫に積み重なっている。

中には俺の世界でも見たことがないような見事な霜降り肉があったし、本当にどうやって手に入れているのか。

「そ、それは困る！　妾はお主の料理を楽しみにしておるのじゃ！　それがなければ生きる楽しみがなくなる！」

「自分のせいだろう。自分でなんとかするんだな」

「ひぃん！」

さめざめと涙を流すセイカ。

俺だってこんな状況じゃ、セイカを気遣う余裕なんてない。

「考えてみろよ。あの連中の機嫌を損ねたら、お前の悪評が立つんだぞ？　セイカって神様が好きな料理は不味い。ヴェータって神様の舌は馬鹿舌だって言われるんだぞ？」

「それは、困る……」

信仰が力になるというのなら、悪評は力を削ぐことになる。

これが戦神とかなら、畏怖とかの悪評も力になるのかもしれないけど、セイカはそうじゃない。せっかく力を取り戻したのに、また力を失うことになるかもしれない。

「とにかく、このラッシュを乗り切ろう。話はそれからだ」

「う、うむ」

俺は台所に広げた食材を見る。

肉も野菜もあるけど、数を揃えるのは難しそうだ。

そうなると、汁物ということになる。

「……乾麺はあったはず」

保存が利く乾麺の類は、万が一に備えて蓄えがあった。

俺はそれを持ち出し、並べる。

「蕎麦にうどん……立ち食い蕎麦？」

俺が思い浮かべたのは、駅にある立ち食い蕎麦屋だ。

街中にもあるし、中には手作りの具を提供しているところもある。

「天ぷら、練り物……」

ヴェータが持ってきた食材の中には、それらの材料もあった。

海老とかイカ、あとはよく分からない白身魚。残りは山菜とか根菜だから、動物たちが持ってきてくれた材料で賄える。

天ぷらは作った経験がある。

「……やるか」

下手に凝った料理を作っている暇はない。

俺は大きな鍋を用意して、お湯を沸かし始めた。

「おっと、そうだそうだ。あいつらの分の食事はちゃんと用意してやらないとな」

俺はそう言いながら、棚から御重のような巨大な弁当箱を取り出す。

たくさんの人間がいるからか、くまさんのような大きな体の動物たちは姿を隠している。彼らには食糧の確保や日々の生活で色々助けてもらっているから、いくら人間が大挙して押しかけてきたからといってご飯を用意しないという選択肢はない。

むしろろくに顔も知らない人間たちよりも、動物たちの方が優先順位は高いくらいだ。

今も争っている人間たちと、そんな人間たちにさえ気を使って姿を見せない動物たち。どちらが知性的かと言われたら、俺は動物たちと答える。ただ、どんな生き物でもお腹が減れば不機嫌になるのは確かだ。

（本当にお腹が空いたら、客を食べかねないぞ……）

俺は森のくまさんを初めとした肉食、雑食の動物たちの姿を思い浮かべる。

彼らが敵対していない人間を襲うところは見たくなかった。なら、美味しいものを用意しよう。まずはメニューだ。

「天ぷらの一部を弁当に入れるとして、それに合うおかずも入れておきたいな。白飯はおにぎりにして、煮物と漬物、あとは焼いた肉でも入れておくか」

薄切りにした肉をたれで焼き上げて、開花丼にするのもいい。蕎麦屋では丼物も定番だ。

「そうなると、米の量が足りないな。炊いて間に合うか？」

俺はぶつぶつと独り言を口にしながら台所を歩き、献立を考えていく。

とにかく時間がない。迷うくらいなら実行に移すべきだ。そもそも俺に料理へのプライドはない。

本職の料理人からしたらいい加減に見えるかもしれないけど、そうなったら頭を下げるまでだ。

「――――まったく、本当に困った神様だ」

俺はため息を吐きながら炊飯用の釜に白米を入れていく。

ただ、大変なはずのこの状況を、どこか楽しく感じていた。

◇◇◇

「テンプラソバひとつと、テンプラウドンひとつじゃ！」

「おう！」

「テンドンふたつと、カイカドンひとつじゃ！」

「はいよ」

「テンザルひとつじゃ！」

「持ってけ！」

「トロロソバひとつと、キツネソバ……狐⁉　妾か⁉」

「違う！　さっさと持ってけ‼」

俺たちは必死に客を捌いた。

まったく心の準備もできていない状況で始まった蕎麦屋としての営業だったけど、とりあえず短時間で客を回すことはできている。

「ぜぇぜぇ……」

「ほら、次だ！」

「ひぃっ！」

たったひとりで客の間を駆け回るセイカは、もはや虫の息だ。

喉を潤すために水を飲んでは注文を受け、作った料理を運んでいる。

神様としての威厳なんてあったものじゃない。でも、セイカはほとんど料理ができないから、他に方法がない。

最初は元気よく動き回っていたふわふわのきつね色の尻尾も、今では力なく垂れ下がっている時間の方が長いくらいだ。

「店員でもいれば別なんだろうけど、そもそもここ店じゃないしな」

ヴェータたちが勝手に言っているだけで、本来ならここはセイカの住処であって、レストランとかじゃない。

そんな設備もないし。

「動物たちが使う器があってよかった……」

そんな環境なのに、客に提供する食器があったのは、たくさんの動物たちに使うためだった。

まさか客たちも、自分たちが使っている食器が動物たちのために用意されたものだとは思うまい。

実際、食器を使う動物は少ないので、実際に動物たちが使った食器は使わずに済んでいる。

でもこれ以上客が増えたら、それも使わざるを得ない。

「……さすがにそれは気が引ける」

がたん、と背後で音が聞こえる。

俺が振り返ると、森のくまさんたちが窓から顔を出していた。困ったような表情を浮かべている。

「腹減ったのか？」

「ぐる……」

どうやら当たりのようだ。客が帰るまで待っているつもりだったが、空腹に耐えきれずに出てきてしまったというところだろうか。

自分たちで食べ物を確保して食べてもいいのだろうが、そのために神域内を駆け回って人間たちに見つかるのも不味い。最終的には俺に相談しようと、裏から訪ねてきてくれたようだ。

なんて気の使える熊たちだ。本当によくできた眷属だと思う。

「心配ない、ちゃんと用意してあるぞ」

そういって、俺は戸棚から弁当箱を取り出す。

御重といったほうが正しいサイズの弁当箱をいくつも熊たちに手渡した。

「あまり時間を掛けられなかったから、おにぎりとおかずだけだけど、我慢してくれ」

「‼」

熊たちはびしっと敬礼する。

本当にこいつら、セイカの眷属にしてはできすぎている。神がだめだと眷属がしっかりするのかもしれない。

「一応、客がモンスターとかに襲われないよう、見守ってくれ。神域の外に出るまででいいから」

「‼」

さらに敬礼するくまさん。

彼らの後ろを見ると、他の動物たちも整列している。

「それじゃあ……」

「リュータ！　リュータ！　団体さんがきたぁあああっ！」

「……こっちがやばそうだから、戻る」

熊たちが俺を労るような眼差しを向けてくる。

熊たちの方が優しいってどういうことだ、おい。

◇　◇　◇

日曜日の深夜、家に戻ってきた俺はぐったりと倒れ込んだ。

「——やばかった」

完全に週末の飲食店状態だった。

休みのはずなのに、休んだ気がまったくしない。

これでは仕事に支障が出てしまう。

「と、とりあえず風呂入ろう……」

俺は風呂場に向かい、浴槽にお湯を入れる。

いつもならシャワーで済ませるのだが、体中が軋んでいるので湯船に浸かりたい。

「はあ……まさかあんなに繁盛するとは……」

実際の飲食店にくらべたら大した事はないんだろう。

社も大きなログハウスくらいの大きさはあるし、レストランと呼んでも差し支えのない広さだけどそういう設備はない。

テーブルも動物たちが使うために用意したものだ。

「動物たちがいなかったら、どうなってたか……」

服を脱ぎ、風呂に入る。

疲れがお湯に溶け出していくような気分だ。

「はぁ……でもああいうのは一過性だし、こっちがもう少し効率よく動ければなんとかなるだろう」

お湯に入ったことで多少頭が回るようになる。

今回の騒動は、ヴェータが漏らした情報が巡り巡って引き起こしたものだった。

ヴェータとしては自分が立ち入るなと言った場所に大量の人間が雪崩れ込んだ今回の事件がかなり不服だったらしく、神域の情報を漏らした他の神にも抗議するつもりだと言っていた。

ただ、他の神やその信徒にとって、ヴェータの信徒たちが作った禁足地にあまり意味はない。

それこそ聖地として整備して、それを周囲に認めさせるほどの力がセイカにあれば別だろうが。

「まあ、うん、ただあれだな。お陰でいろんなものが手に入ったのはよかった」

お偉いさんたちは、自分たちの力を誇示するかのようにセイカへの供物として色々なものを置いていった。

自分の信仰する神でなくとも、自分の神の信徒として他の神に敬意を表すのは問題ないのだろう。

子分が他の親分に礼を示して怒る親分はいない。それどころか、こんなにもいい子分がいるのだという自慢になる。

「なるほど、そういう意味もあるのか」

俺は他の神が、信徒を使って自分たちの存在を示そうとしているのだと気づいた。

セイカはあまりにも小さな神だから、そこに簡単に顔を出すのはプライドが許さない。だけど信徒なら気にしなくていいし、それでもなお気になるなら、信徒が世話になったお礼を言いに来たとでもいえば訪ねる口実にもなる。

「……はぁ面倒な連中だなぁ」

セイカとヴェータしかまだあの世界の神様は知らないが、かなり面倒な性格をしていることは分かっている。

あのふたりが殊更例外なのかもしれないが、とにかく他の神様についてはあまり関わり合いになりたくない。絶対に騒動が起きる。

「とにかく、動物たちに材料を集めてもらいつつ、こっちから運べるものをまとめて運び込むか」

まとめ買いで価格を抑えるのは、買い物の基本だ。

「……それと、あの建物を買うことも考えないとな」

あの建物はセイカの社と同調しているという。

つまり、向こうの世界で社に何かがあれば、建物は壊れる。

事情を知っている俺ならあまり問題はないが、何も知らない赤の他人があそこを買い取り、住み始めたら大変なことになる。

ただ家が壊れるだけなら問題ないが、それに巻き込まれて怪我をしたり、最悪命を落とすなんてことになったら、家を売った側にも責任が及ぶかもしれない。

「でも、そうなるとなぁ。金、なくなりそう……」

買い取れば、貯金は尽きる。

食料も買わないといけないし、出費は嵩むばかりだ。

「なんか、向こうのもの持ってきてお金にできないもんかねぇ……」

貴金属を持ち込むことも考えたけど、盗品と疑われるのも困る。どこで手に入れたのかと訊かれて、異世界ですとは答えられない。

なら自分で作ったと説明しても、その材料をどこで手に入れたのかと聞かれて答えられない。

詰んでいる。

「貴金属はだめ、となると刀剣類か？」

俺はヴェータが持っていた剣や、客たちの護衛が携えていた武器を思い浮かべる。ヴェータの武器はともかく、護衛の連中が持っていたものはかなりの高級品に見えた。

美術品としての価値があるなら、それを持ち込めばいいかもしれない。

ただ、本当に価値があるものを持ち込めば、また盗品として疑われる。

「駄目だ」

俺はお湯に顔をつけ、ぶくぶくと泡を吹く。

「…………」

あちらの世界のものを持ってきて売るのは、無理だ。

そうなると、今の生活でできることは、あちらで手に入れられるものを増やすしかない。

調味料や食料をあちらで入手できるようになれば、かなり楽になる。

向こうの貨幣なら、お偉いさんたちが持ってきたものを向こうで売れば手に入る。

「……これだな」

顔を上げ、俺は今後の方針を決める。

とりあえず、今回の騒動が落ち着いたら、すぐに動き始めよう。

◇◇◇

「おい」

「妾のせいじゃない！　妾のせいじゃない！」

俺に睨まれ、セイカがぶんぶんと首を振っている。

向こうの世界に到着した瞬間に地震に襲われた俺は、慌てて社の外に出た。

そこで見たのは、社の前に墜落した金属製の鳥のような物体だった。

大きさとしては、小型飛行機と同じくらいだ。ただ、翼は小さく、胴体は太く丸い。

飛行機と同じ理屈で飛んでいるようには思えなかった。

「お前、ついにやらかしたのか」

どう考えても、人が作った物だ。

セイカが叩き落としたと考えるのが自然だった。

「だから、妾ではない！」

「じゃあ……」

そう言って、俺はセイカの隣に居るヴェータを見る。

ヴェータは小さく首を振った。

「違う」

「そうか」

「なんでその小娘の言うことはすぐに信じるのじゃ！　妾の半身じゃろうが！」

地団駄を踏むセイカを余所に、俺とヴェータが機械の鳥に近付く。

よく見ると、胴体部分にガラス張りの操縦席らしきものがあった。中に人影がある。

「ヴェータ、あいつらを助け出せるか？」

「ん、できる」

俺が操縦席を指差すと、ヴェータは頷いた。

そして手の中に剣を作り出すと、それを一閃する。

「おお……」

その一撃は、操縦席のガラスを胴体から切り離した。

フレームが歪んでいるのは外見からも分かっていたし、開け方が分からない以上はこういう風に救出するしかない。

「よっと」

ヴェータは軽い足取りでジャンプすると、あっさりと操縦席まで跳んでいく。そのまま中にいた人間たちを抱えると、同じように軽いステップで戻ってくる。

「こいつらだけ」

操縦席にいたのは、四人の男女だった。

見た感じ、それほど年齢が高そうには見えない。

「うう……」

その中のひとり、若い男がゆっくりと目を開ける。

「こ、ここは……？」

「セイカって神の神域だ。お前ら、いったい何しにきたんだ？　メシか？　メシを食うために突っ込んできたのか？」

「メシ？　我々は秩序の神に魔の者討伐の託宣を受けた戦士だ」

託宣を受けた戦士？

それはつまりあれか。

「勇者？」

「なんだ、知っているじゃないか」

若い男はほっとしたような表情を浮かべたあと、どこか得意気に胸を張る。

「その通り、我らは勇者キューウェルの一団だ。私はそのリーダーを務めるキューウェル、お前がどこの誰かは知らないが、魔の者討伐の任に当たる我らの支援を要求する」

「ほう、支援とは？」

俺は勇者の一団を名乗った青年に嫌な予感を覚えた。

たまに会社にやってくるクレーマーみたいな空気を感じる。

「宿、食事、資金、それと女性の歓待があればなお良い」

「宿と食事はともかく、金と女ねぇ」

俺はヴェータに目を向ける。

女というにはやや幼いが、神様だから実年齢は俺やキューウェルよりも年上だろう。

「で、代金は？」

俺はできるだけ丁寧ながら、揚げ足を取られない対応に務める。

これがあちらの世界ならもっと丁寧な対応をするが、こちらの世界では丁寧すぎると相手が調子に乗る。

「代金？　秩序の神の勇者が滞在したという実績だけで十分お釣りが来るだろう」

「つまり食い逃げか」

「食い逃げだと⁉」

俺の言葉に、キューーウェルが大声を上げる。

馬鹿にされたと思ったらしい。まあ、ある意味ではバカにしているけどな。

「勇者を食い逃げなどと、貴様、私をなんだと思っている！」

「自称勇者」

「自称ではない！　見よ、この飛行機械とて、秩序の神殿から借り受けたものだ！　このようなものを借りることができた時点で、我々がニセモノでないことは明白だろう！」

「で、仮に本物だったとして、俺がお前に従う理由があるのか？」

この世界で大事なのは、お互いの立場を明確にすることだ。

あちらならある程度なあなあで済ませられることも、こちらではそうはいかない。

「民は神の託宣を受けた者に従うものだ！」

キューーウェルはさらに声を荒げる。

なるほど、普通の民というのは、神様に直接声を掛けられた人に従うものらしい。

ある意味では分かりやすい関係だ。

「キューーウェル？　いったいどうしたの？」

「うう、頭が痛いです……」

「腰が痛い……」

キューウェルが騒いでいるせいで、他の三人も目を覚ましたようだ。

彼らはキューウェルの様子と、それを淡々と受け止める俺に困惑していた。

「お前たち、目が覚めたか！　この無礼者に私が勇者キューウェルであると説明してやれ！

そして私に奉仕するのは義務だとも！」

「お、落ち着いてキューウェル」

「そうだぞ、いくら勇者でも、初対面の相手にそれは……」

「はい、失礼かと思います……」

勇者の仲間たち——魔法使いっぽい女と、学者風の男、そして弓を背負った少女は、それぞれに勇者を宥めている。

「しかし、この無礼者は……！　ええい、口で分からぬなら神より賜った聖剣で！」

あまりにも頭に血が上ってしまったせいか、キューウェルは腰の剣に手を伸ばす。

おいおい、斬り掛かるつもりはないだろうけど、それはまずいぞ。

俺がこれ以上は不味いかと思い、キューウェルから離れようとしたとき、俺とキューウェルの前に小さな影が滑り込んだ。

ヴェータだ。手にはいつもの槍がある。

しかし、その目はいつもの静かで穏やかなものではなかった。

明らかに勇者を名乗った一団を睨み据え、敵視している。

「無礼者はそっち」

その言葉と同時に、ヴェータから力が流れ出す。

神様の持つ力が波のように広がっていくのが分かった。

「こ、この力は……」

「静謐な海の如き髪と瞳、そして白銀の槍――あなたは、もしや戦神ヴェータ様では?」

学者らしい風貌からの想像通り、彼はヴェータの姿からその正体に気づいたようだ。

慌ててキューウェルの手を押さえ、剣の柄から引き剝がす。

いくらなんでも、神に剣を向けるのは不味いと俺でも分かる。俺でもそう思うのだから、勇者の仲間たちはもっと危機感を持ったのだろう。

まるで危ない行動をした小さな子どもにするように、力尽くでキューウェルの手を剣から引き剝がした。

「ご無礼をいたしました！　キューウェル！」

「はッ!?　し、失礼をいたしました」

神の力に当てられて呆然としていたキューウェルが、正気を取り戻して跪く。

「ヴェータ様の御前と思わず、斯様な姿を見せてしまい、申し訳ありません」

「……謝る相手はこっち」

そう言ってヴェータが俺を示す。

しかし、キューウェルは納得できないような表情だ。

「その者がなんだというのですか？　見たところ、ヴェータ様の信徒でもないようですが……」

なんだ、ヴェータの信徒には一目見て分かるような特徴があるのか。

なんだろう、十字架的なシンボルを身につけてるとか。いやでも、なんかじろじろと俺の体を見てるし、いったい何なんだ。

「これは信徒じゃない。あんな筋肉だるまと一緒にしないでほしい。――――あれだって勝手にやってるのに」

筋肉だるまって……ヴェータの信徒ってボディビルダーとかなのか。

「で、ではそちらの者はいったい……」

「半身」

「なっ⁉　半身ですと⁉　――――いや、それならこの体躯でも納得できる。神の力があるなら、腕力など必要ない……」

学者が素っ頓狂な声を上げ、なにやらブツブツと呟いている。

そんなに驚くことか。ただ、あれだな。

ヴェータ、その言い方だと俺がセイカの信徒とか半身とかだと勘違いされるからやめてほしい。いや、ヴェータの半身だと思われるから。

「しかしヴェータ様、神の半身といえば、最も神に近しい人。信徒や使徒は数あれど、半身とまで呼ばれるのは、歴史上でも数人とか……」

「ん」

頷くヴェータ。

だから勘違いを正せ。

ただ、ここで俺が口を出すと、余計に話が拗れる気がする。だって俺、この世界の常識とかあまり知らないし。

「ヴェータ様は人の半身を持たぬと聞いていましたが、なぜこのような者を?」

キューウェルの質問だ。

微妙に失礼だな、お前。

「……こいつがいないと駄目な体にされた」

「なっ⁉」

勇者達がばっと俺を見る。

それはあれだろ、食べ物的な意味でだろ。そこまで説明しろよお前。メシ抜きにするぞ。

ちっこいのに成長止まるぞ。

「蕩けるような時間。熱く燃え上がるような時間。静かな月夜のような時間。すべてこいつのお陰」

「お……おお……」

ほとんど表情が変わらないヴェータだけど、食べ物の話をしているときだけは多少感情が窺える。

その表情は、見方によってはうっとりとしているように見える。そんな表情をしてもらえるほどに気に入られたんなら、俺の料理たちも喜んでいるだろう。

「やはり、神の半身、伴侶……」

「キューウェル、さすがに神の伴侶相手にあの態度はまずいわよ」

「謝りましょう」

学者と魔法使い、そして弓使いに促され、キューウェルは悔しそうに俺に向き直った。

「ぐ……このたびは、もうし——」

「ヴェータぁぁあああッ‼　貴様っ！　またリュータを勝手に自分のものと紹介しおったなぁ‼」

キューウェルの言葉を遮って、上空からセイカが降ってくる。

キックの姿勢で、神の力を纏ったミサイルのようだ。

「ふん」

そのミサイルを、ヴェータは片手で受け止める。

さすがにそれは予期していたのか、セイカはすぐに飛び退って地面におり、ヴェータに食ってかかった。

「お主！　いい加減に既成事実を作ろうとするのをやめよ！　どんどん露骨になってきているではないか！　そんなにこやつのメシが欲しいなら、大人しく妾の社に食べに来ればよかろう‼」

「……がまんできない」

「子どもか貴様ぁ‼」

ぎゃあぎゃあと騒ぎ出すセイカとヴェータ。

勇者達一行は、神様ふたりの喧嘩に目を見開いていた。

そうか、この世界でも神様同士の喧嘩は珍しいのか。初めて知った。

◇　◇　◇

「じゃあ、とりあえず修理できそうなところは直してみる」

「ありがとうございます。私も多少は機械の知識がありますが、専門ではありませんので……」

「俺も専門じゃないけどな。パソコン組める程度だし」

「ぱそこん、ですか？」

「いやいや、こっちの話」

俺は学者と一緒に、飛行機械の修理について話し合っていた。

勇者達はとりあえず、セイカの社に泊まることになったらしい。

「他の神の信徒を野晒しにしたとあっては神の名折れ！」

というセイカの判断だけど、俺としても宿を貸す程度は問題ないと思ってる。

旅人には優しくしないとな。

「それに、滞在中は働いてもらうしな」

「それは当然のことです。本来勇者とは、人々の奉仕者。人々のために魔の者や、他の脅威に立ち向かう者ですから」

学者はキューウェルよりも年上だけど、やや疲れたサラリーマン的な雰囲気を持っていた。

そのせいで、少しだけ親近感がある。

「うーん、それにしては最初の態度はすごかったぞ」

俺は操縦席のパネルをいくつか外し、中を見る。

構造はよく分からないけど、回線図も一緒に入っていた。

これを見れば、多少は分かるだろう。セイカの力が戻ってきたのに従って、俺もこの世界の文字が分かるようになったしな。神様の知識を分け与えているとか言ってたけど、神様はそうやって信徒を増やしているのかもしれないな。

「魔の者を討伐し、人々に称賛されるようになって変わってしまったのです。いえ、称賛だけではありませんね。やっかみもあります」

「勇者っていうのは、そんな扱いなのか？」

「中途半端なのです。信徒の中でも一際武の才能に恵まれていたからこそ、勇者としての託宣を受けましたが、本来の立場は信徒と変わりません。神殿の中の地位でもないのです」

「ずいぶん曖昧だな」

俺が呆れると、学者は苦笑した。きっと彼自身も同じように考えていたのだろう。

「神殿の中で明確に立場を定めると、神官たちにとって不都合があるのでしょう。これまでのように、神の代理人として振る舞えなくなるとか」

「はぁ、そういうことか」

要するに、権力争いだな。

異世界でもやっぱりそういうのはあるのか。

（いや、神様がいるからこそ、こっちの方が過激になりやすいのかもしれない。御利益が目に見えすぎている）

「我らは戦い続けることで、自分の価値を示し続けるしかありません。キューウェルはそれに疲れてしまったのでしょう。少なくとも以前の彼は、宿や路銀はともかく、女性を要求するようなことはなかった。言いよられるうちに、それが当然だと思うようになってしまったのです」

「…………」

価値を示し続けるという言葉に、俺は黙り込んでしまった。

俺自身が、そうした環境に身を置いているというのもある。まあ、女性云々はないけど、歴史上そういう感じの環境があったことは知っているし、サラリーマンの歴史にもそうしたものはあった。特に接待とかで。

「勇者は求められることがはっきりしています。魔の者を倒す、それだけです。それができなくなれば、他にどれだけの才能があっても意味がありません」

「チャンスはひとつだけってことか」

「はい」

別の道を選ぶことが許されない環境なら、ああなってしまうのも理解できる。

勇者という立場に誇りを持っているのではなく、勇者という鎖に縛られているんだ。

「昔は、ごく普通の好青年でした。私の教え子でもあったのです。彼が勇者となったとき、私に声を掛けてきて、パーティの仲間として助けてくれないかと求められました」

「他の連中もか？」

「はい、ふたりともキューウェルの幼馴染みです。神殿はキューウェルの仲間も用意するつもりでしたが……」

そんなの、どう考えても信用できる相手じゃない。

神殿が勇者を疎んじているなら、スパイとか、刺客を送り込んでくるだろう。

「まあ、自分にとって信用できる相手を選んだのは正解だったと思う」

「私もそう思います。実際、神殿からはあまり支援を得られませんでした。キューウェルを称賛する声が大きくなってようやく、この飛行機械を貸し与えたくらいですから」

「……一応訊くけど、今回の墜落がその神殿のせいって可能性は？」

「私もそう考えたので、大々的に神殿から貸し与えられたことを喧伝しました。これで事故など起きれば、神殿の責任は免れません」

「ははは、なかなかよく考えてるじゃないか」

「友人のためですから」

学者は苦笑しつつも、どこか寂しそうだった。

「私としては、キューウェルがキューウェルらしく生きられれば、勇者である必要はないと思っています。戦うだけなら、勇者という肩書きも必要ありません。神とて、これだけの成果を出せば、与えている力を取り上げるような真似はしないでしょう」

勇者が活躍すればするほど、その力を与えた神様への信仰は大きくなる。

神様としては、勇者の肩書き云々よりも、働きそのものの方が重要ってことだな。

「――まったく、どこも宮仕えは大変だな」

「ははは、仰る通りです」

俺は学者の笑い声を聞きながら、内心でため息を吐いた。

◇　◇　◇

「か、神様に給仕をしていただくなんて……」

「ひぃ、すみません、すみません」

夕食の時間になり、広間のテーブルに勇者一行と俺たちが座る。

魔法使いと弓使いの子はセイカが給仕をしていることに恐々としているが、神様として扱われたセイカはむしろ嬉しそうだ。

「むふふ、これくらいどうということでもない。半身たる、そう！　妾の！　半身！　たる！　リュータの料理を供するのなら、神である妾が給仕を務めるのもおかしくはない‼」

ヴェータに挑戦的な眼差しを向けるセイカ。

お前はなんで対抗心剥き出しにしてるんだよ。

「飲み物」

「ありがとうございます。ヴェータ様」

「これぞ神の酒でございますね」

そんな視線をなんとも思っていない様子のヴェータが、森で採れた果物をつけ込んだ酒を並べていく。

さすがに果実酒を一から作るのは難しいが、漬け込むだけならセイカの力でなんとかなった。

よくある梅酒やあんず酒のようなものだ。

「ぬぅうっ！　ヴェータ、なんでお主まで給仕をしておる」

「働くとリュータが好きなもの作ってくれる」

「神としてのプライドはないのか」

「美味しいものが優先」

「ぐぬぬぬぬ」

どうにもセイカとヴェータの相性はあまり良くないのかもしれない。

セイカはヴェータに突っ掛かるし、ヴェータはヴェータで意識的なのかは分からないが、セイカを挑発するようなことをする。

「まあ、そういう訳で、今日のメニューはヴェータのリクエストだ。ええと、なにドラゴンだっけ？」

「アルティメット・アイス・ドラゴン」

「そう、そのアルティメット・アイス・ドラゴンのテールシチューだ」

「!?」

勇者たちが一斉に立ち上がる。

そして恐ろしいものを見るような目で皿を凝視する。

「アルティメット・アイス・ドラゴン……究極竜の一角の？」

「北方で暴れているという話はありましたが、討伐されたとは……」

「ドラゴンのお肉なんて、王様でも食べられないのに！」

「あわわわわ……」

勇者たちは、俺たちの呆れたような視線に気づくと、それぞれに椅子に戻る。

でも、そうか、ドラゴンの肉ってやっぱり貴重なんだな。

「では、食べるとしよう！　いただきます！」

「い、いただきます？」

セイカの掛け声に合わせて、他の面々も食事を始める。

食事前の祈りはやっぱり神様ごとに違うんだろうけど、その神様と一緒に食べる食事で、他の神様に祈りを捧げるようなことはしないようだ。

相手の宗教に合わせる感じなんだろう。

「すごい……」

「ああ、体に力が漲ってくる。古の時代、竜の血を浴びて不死身となる伝説は数多存在したが、理解できるような気がするな」

学者とキューウェルは、シチューを一口食べて感想を口にした。

美味いならそれでいい俺と違って、なにやらドラゴンの肉に思い入れがあるらしい。

「……ドラゴンのお肉って、お肌に良いって訊くけど、なんか、食べた途端に肌の張りが戻ったんだけど」

「はい、旅の疲れでぼろぼろだったんですが、つるつるに……」

女性陣は女性陣で、自分たちの頬に手を当てて感動したような表情だ。

俺としては喜んでもらえたのでそれはそれで問題ないんだけど、感動するより食べてほしい。

「いや、しかし過去に歓待でわずかにドラゴンの肉を供されたことがありましたが、ここまでの効果はなかった。単純に量の問題とも思えないのですが……」

学者が不思議そうに料理を眺めている。

そうか、ドラゴン自体はそこらにいるのだから、人間たちがその肉を口にすること自体はあるのか。

「なにか特別な作り方をしているのですか？」

「いいや、普通に作ってるだけだ。ただ、最近はヴェータが良く食べに来るから、ヴェータの好みに合わせて作ってるところはあるな」

「ふふん」

俺の言葉に得意気な表情をするヴェータ。

すぐ近くのセイカが悔しそうな表情をしているけど、セイカも食べ物を持ってきてくれる奴のことを無下にはできないから、渋々納得している。

「ああ、なるほど、それで得心しました。神々に供される料理を人が口にすれば、その効果は人が人のために作る料理よりも遥かに強くなります」

そうだったのか。

いや、確かにこの間うちに来た偉いさんたちも、食べた直後から体調が良くなったとか騒いでたな。

プラセボ効果みたいなものだと思ってスルーしてたけど、もしかしたらいつも通りセイカやヴェータのまかないのつもりで作っていたから、神様用の食べ物になっていたのか。

「ですが、人の身でありながらここまで見事な神饌を作り上げるとは、リュータ殿は名の知れた料理人なのでしょうか？」

「いいや、そういう訳じゃない。単なる商人だ」

「商人!?」

学者以外の勇者たちが一斉に声を上げた。

俺はその声に驚き、スプーンを落としそうになる。

「……失礼しました。しかし、商人がこのような境遇にあるなら、もっと自分の利益を求めてもおかしくないのではありませんか？」

キューウェルがどこか挑むような視線で俺に質問する。

要するに俺がセイカたちを利用してなにかあくどいことをしているのではないかと言いたいらしい。これはきっとキューウェルがそういう連中に会ったことがあるからだろうな。

「俺はあくまで雇われだ。それに、俺を信用してくれてる連中の、その信用を切り売りするような真似はしたくない」

「‼　……なるほど」

キューウェルは一瞬目を丸くしたあと、納得したような、そうでもないような複雑な表情で引っ込んだ。

元々は素直な男だっていうことだから、俺の言葉はすぐに理解できたはずだ。そしてセイカたちが俺を信用しているのを見れば、俺がそれを実行していることも分かる。だから、反論せずに引っ込んだ。

「で、でも、商人なんてしているのはもったいないくらい美味しいです！　ね！」

「う、うん。なんか、ずっと体が重い感じがしていたんですけど、それもすっと消えてなくなって、まるで旅を始めた頃みたいに体が軽いです」

魔法使いと弓使いが、キューウェルのフォローをするかのように会話に入ってきた。キューウェルが俺に失礼なことを言ったと思ったのかもしれない。

すぐに幼馴染みのフォローに入ってくれるふたりに感心するのと同時に、それをさせてなんとも思わないキューウェルが少しだけ気になった。

ただ、俺を褒められたセイカは純粋に喜んで、胸を張る。

「むふふ、そうじゃろうそうじゃろう。我が半身の料理は最高じゃろう！」

「あたしが獲ってきた」

「分かっとるわ！　だからお主に一番美味いところをくれてやったじゃろう！」

「リュータ、一番美味しいところあげる」

「やめんかお主！　我が半身を餌付けしようとするな！　お主ではないのだから、美味いものもらったからと靡くようなリュータではないわ‼」

「怒鳴るなっての、ヴェータも自分で食べろ」

「分かった」

ヴェータは素直に俺に差し出したスプーンを自分の口に持っていく。

餌付けの成果なのか、ヴェータは俺に対しては素直だった。

美味しいものをもらえるから言うことをきくって、犬みたいだ。

「こちらのサラダは、マッシュポテトでしょうか？　でも、この酸っぱい味は……」

学者も自分の言葉が場の空気を悪くしかけたと気づいているらしく、料理そのものに話題を変えてきた。俺はそれに乗っかる。雰囲気が悪いと食事は不味くなるからな。

「ポテトサラダだな。マヨネーズとかはこっちの材料で作った」

「こっち？　この地方ですか？」

「まあ、そんなところだ」

学者の指摘に、一瞬だけどきっとする。

別に違う世界の事を秘密にする必要はないと思うんだけど、大々的に伝えるのも違う気がする。

「ううむ、これも美味ですね。キューウェルもそう思いませんか？」

「そうですよキューウェル、先ほどから妙に静かですが、どうしたんですか？」

「キューウェル様？」

学者、魔法使い、弓使いから視線を向けられ、キューウェルは曖昧な笑みを浮かべた。

「――いや、昔を思い出したんだ。子どもの頃、ドラゴンの肉を食べて不老不死になるなんて妄想をしていたことがあった。実際に勇者にもなったし、こうやってドラゴンの肉を食べることもできたけど……」

キューウェルはシチューの皿を見詰め、大きく息を吐いた。

そして、立ち上がる。

「リュータ」

俺を見るキューウェル。

その目は、最初に見せたような俺を馬鹿にしたようなものではなかった。

「最初の態度を謝る。申し訳なかった」

「別に構わないけど、急にどうしたんだ？」

「いや、さっきの話を聞いて、私は人々の信頼に応えられているのかと真剣に悩んだ。ドラゴンだってこんな風に肉になるんだ。勇者だってひとつ間違いがあれば、逆にドラゴンの餌になる。そんなとき、せめてひとりでも多くの人に悼んでもらいたい。そう思っただけだ」

「……勇者なんてやめればいいだろう。そんなこと思ってると、本当に死ぬぞ」

「勇者を辞したら、神殿から命を狙われるようになるだけだ。私を恨んでいる者は少なくない。勇者でないなら、命を奪っても隠しきれる」

本当に権力争いってのはいやなもんだ。

でも、俺としては、はいそうですかと言える訳がない。

「なら、うちで働けばいい。セイカの社で働いていれば、そう簡単に狙われることはないぞ、たぶん」

「たぶんじゃない！　――まあ、さすがに他の神と直接戦って勝てるかというと難しいが、悪意を持った信徒程度であれば、眷属と協力して追い返すことはできるぞ？」

セイカの力は少しずつ戻ってきている。それに伴って眷属たちの力も強くなっていて、動物たちは普通の人間では太刀打ちできないほどの力を持っていた。

元々動物は人と比べて強い力を持っているから、この神域で眷属たちに勝てるのはキューウェルたちのような頭ひとつ抜けた実力の持ち主だけだろう。

そして、そういう連中ならセイカが必ず気づける。そして神域そのものへの立ち入りを防ぎ、キューウェルたちを守るだろう。

「少なくとも、神域内にいる者を守るだけなら、妾でもできる。神の力で守れば、勇者と同格の者がいても守り切れるじゃろう」

「まあ、そういうことだ。なんだったら、ヴェータからそっちの神様に話してもらうか？」

「とんかつ」

「おう、話通したらとんかつ作ってやるよ」

「やる」

やる気に満ちた表情のヴェータ。

神ふたりがあっさりと協力を申し出たことに、勇者たちは目を白黒させていた。

「そんな、簡単に請け負っていいのですか？」

「神なんてそんなもの。自分のために動く」

ヴェータはにべもなく答えた。本当にそう思っているのが表情からも伝わってくる。

「そういう感じらしい。お前たちだって、結局は神様の都合で勇者をしているんだろう？」

「…………」

勇者一行が黙り込む。

「でも、他人に言われて始めたことだって、自分で進み始めたらそれは自分のものだ。勇者としての肩書きを与えられて、それを自分のものにできたら、それはもうお前のモノだと俺は思う」

「リュータ……」

キューウェルは驚いたように俺を見る。

俺だって、こんな説教くさいことはしたくない。

でも、こっちの世界に来てからセイカを叱ることが多くなって、こうやって説教くさくなってしまった。

「ひとつ訊きたい」

「なんだ？」

「お前から見て、私は勇者だろうか？」

俺はその質問に、少しだけ考えた。

そして、勇者一行を一通り眺めてから、頷く。

「勇者だ。そんないい仲間を揃えられるなんて、勇者しかいない」

「ははは、そうか、いい仲間がいるなら勇者か。そうだな、それなら私は胸を張って勇者を名乗れる」

キューウェルは憑き物が落ちたように笑い始める。

その声は、少年のように透き通っていた。

「キューウェル……」

その声に、魔法使いが涙を滲ませている。

弓使いなんて、普通に涙を流していた。

幼馴染みらしいから、色々思う所もあるんだろう。

「――もうしばらく、勇者を続けようと思う。まだ頼まれた討伐がいくつか残ってるんだ。神殿に頼まれたことじゃなくて、人々に頼まれた依頼だ」

「そうか、じゃあさっさとあの機械を直さないとな」

「ああ、頼む。その代わり、私たちも手伝うし、直ったら、お前の代わりに各地に買い物に行こう。どうせ色々なところに出向くし、その代わり、報酬としてお前の美味い料理を食べたい。仲間たちもお前の料理が気に入ってるみたいだし」

キューウェルはそう言って幼馴染みふたりを見詰める。

ふたりは恥ずかしそうに頬を染めて目を伏せたけど、その皿のシチューはかなり減っていた。

本当に気に入ってくれたみたいだな。

「おつかいかよ」

俺は思わず聞き返した。

「そりゃ私は、勇者だからな」

キューウェルが嬉しそうに答える。

そうか、こっちの世界でも、勇者はおつかいをするって認識なんだな。

◇　◇　◇

キューウェルの飛行機械は、元の世界に戻ってから回路図やら壊れた部分の写真をネットにアップして専門家に協力を仰ぎ、代わりになりそうなものを持ち帰ることでなんとか修理できた。

いったいどこにあるどんな装置なのかと聞かれてどう答えたものか悩んだけど、架空の世界でリアルな機械を修理するゲームを作っていて……と苦しい言い訳をした。

しかし相手はその言い訳を信じてしまい、ゲームが完成したら是非遊びたいと言われてしまったので、どうしようかと悩んでいるところだ。

まあ、直ったのだから良しとしよう。あとのことはあとにしよう。

「はぁ……また貯金が消えた……」

ただ、その代償が小さかったわけじゃない。

強烈なダメージが俺の財布に突き刺さった。ただ、それ以上に得たものもある。

「リュータ、ここにいたのか」

リビングで天を仰いでいた俺に、キューウェルが話しかけてきた。

「機械はちゃんと動いてるか？」

「ああ、助かった」

こちらの世界のものが代用できるかどうかは不安だったけど、きちんとした整備工場にいく間くらいは持ち堪えられるだろう。

「じゃあ、これ頼みたい品物のメモ」

「ああ、任せておけ。お前はいつも週の終わりにここにいるのだろう？」

「基本的にはな」

「分かった。ではそれに間に合うようにここを訪ねる」

「タイミングが合わなかったら、セイカに預けておけばいいからな」

「――一応、セイカ様も神だぞ？　そんな子どもみたいな扱いはどうなんだ？」

「子どもの方がまだ仕方がないと納得できるだけマシだ」

「ははは、そうか」

キューウェルは変わった。

なんというか、本当のキューウェルはこんな奴だったんだなと納得する姿だ。これなら勇者を名乗っても誰も文句を言わないだろう。

「それじゃあ、頑張れよ」

「ああ、そっちも」

握手をして、別れる。

俺は去っていくキューウェルの背中を見送りながら、あいつと握手をした手を見た。

「どうした？」

隣に現れたセイカが不思議そうな顔で俺と、俺の手を見る。

「なにもついていないぞ？」

「まあな。でもちょっと不思議だなと思ったんだ。勇者と握手するなんて、普通はあり得ないから」

だって、勇者といえば世界を救うヒーローだ。

本物のヒーローと握手するなんて、普通はあり得ないだろう？

第七章　神々の溜まり場への聖女の襲来

神様というのは自分たちの価値観で行動する。

ある程度納得さえできれば、相手の都合なんてまったく気にしない。

「わはははははっ‼」

「ハイボールお代わりぃ‼」

「リュータ！　やっぱりうちの神域に来い！　我が神域こそお前に相応しい‼」

「ええい、どいつもこいつも、我が半身にどうしてそう粉を掛けるのじゃ！　こらそこの色欲女神ぃッ！　リュータに絡み付くな‼」

俺がこの世界に入り浸るようになって数ヶ月、セイカの神域は神様の溜まり場となりつつあった。

「ぐぬぬ、妾が力の小さな土地神だからと好き勝手しおってからに……」

そうセイカが言っているとおり、神々がここを溜まり場にしているのは主人であるセイカの力が弱いからだ。

神様の序列は力の大きさで決まる。基本的には古い神様ほど強いらしいけど、新しく生まれた神様が強い力を持っていれば、そちらの方が偉いということになる。

ある意味ではとても分かりやすい価値観だけど、それにはひとつ大きな問題があった。

「ヴェータ！　お主も勝手に酒を飲むな！　給仕をせよ！」

「……休憩」

「さっきも休憩したばかりであろうが‼」

とにかく、ここの主のいうことを聞かないから、秩序が保てない。

俺の世界なら迷惑客ということで警察を呼ぶような状況だけど、神様を連行できるような存在はさらに強い神様しかいないという状況では、俺にはなにもできないのだ。

「うう……リュータぁ……」

ただ、何もしないままではセイカが保たない。

セイカは最初、神々が訪ねてきたことをとても喜んでいた。実際にそれによってセイカの力が戻ってきたからだ。

でも、その喜びは長く続かなかった。神々はやはりというか、身勝手で唯我独尊という感じで、客としてのマナーがない。

これが正式な宴とかなら相手も古来から伝わるしきたりなんかを気にするらしいけど、ここは単なるレストランでしかない。客としてのマナーはあくまでもマナーであって、明確に定められた法律ではなかった。ただ、こういう場でも通じるルールはある。

「はい、こちらに注目」

俺は手を叩き、社の中で好き勝手している神様たちの注目を集めた。

神様というだけあって、単純な人の形をしている奴から、明らかに人ではない姿の奴まで色々な姿がある。共通しているのは、どいつもこいつもセイカを軽んじているということだ。

（ある意味神様っぽいといえばぽいけど、それじゃあ困るんだよなぁ）

俺は内心でため息を吐き、神々を見渡した。

「えー、本日は当店にお越し頂きありがとうございます。本日より当店で施行されたルールについて、ご説明いたします」

「ぬおッ!?」

「おー」

セイカが驚く横で、酒の入った神様たちがなにかの余興かと俺を囃し立てる。

「えー、皆さまにはすでに私の作った料理や酒をお楽しみ頂いておりますが、その代価としてひとつお約束して頂きたく、今回のルールを定めました」

「お、なんだなんだ」

この世界で過ごしていく中で分かったことだけど、神様というのは思った以上にルールを気にする。神様自体がそういうルールに支えられた存在だからなのだろうけど、今回はそれを利用させてもらう。

「当店のルール、それは……」

「それは……？」

俺は大きく息を吸い込み、腹の底に力を込めて言った。

「『すべての客は平等である』!! お前ら神様だからって勝手なことばっかり言ってると、もう二度と店に立ち入らせないぞ!! お前らが勝手なことをすると他の客に迷惑が掛かるんだよ!!」

そう、お客様は神様です。でも、神様はお前らだけじゃない。

「こっちは神だぞ！ 人間風情が勝手なこと言ってるんじゃない！」

「こっちは料理人だぞ！ 勝手なこと言ってると今作ってる新作料理食わせてやらないからな!!」

「し、新作だと!?」

俺の言葉に酔っ払いながら文句を言ってきた神様が、新作という言葉に勢いを失う。こいつらがここで楽しんでいるのは、俺の料理が口に合ったからだ。

不味いと思っているなら、こんな風に大騒ぎはしない。つまり、こいつらがここでこうやって好き放題している時点で、こいつらは俺に逆らえないのだ。

「まずはこれ、辛味フライドチキン！ サクサクでホットな衣にジューシーな鶏肉の酒に合う一品だ！」

「うおおおおおおっ!!」

「次はこれ、同じ鶏肉でも手羽元の唐揚げ！ たれでもレモンでも塩でもうまい！ そして酒に合う！」

「うおおおおおおっ‼」

「今度はこれだ！　熱々でチーズたっぷりのピザ！　最近作ったピザ窯で焼き上げるビールに合うピザ！　トマトソースとサラミのハーモニー‼　タバスコはお好みで‼」

「うおおおおおおっ‼」

「まだまだあるぞ！　今度はバニラアイス！　いつの間にか社の裏に作られていた牧場で飼っている牛の新鮮なミルクで作った濃厚でクリーミーな一品！　甘さ控えめで体型が気になるあなたにぴったり！」

「うおおおおおおっ‼」

「さらにさらに――――」

俺はその後も新作の料理たちをどんどん並べていく。

肉野菜肉野菜デザートフルーツ肉野菜。

セイカのためにと色々考えて、宣伝もかねて神様たちに食わせようと思っていたけど、こうなっては仕方がない。人質にさせてもらう。

「――――えー、これにて新作メニューの発表を終わります。で、皆様方、当店のルールは？」

俺がそう投げかけると、神様たちは居住まいを正して答えた。

「『すべての客は平等』‼」

「はい、よくできました。では美味しい食事を、羽目を外さずにお楽しみください」

「はーい‼」

勝った。

◇　◇　◇

「うう、もはや妾の出番はないのかのう」

そんなことをブツブツと言いながら、セイカは給仕をしている。

神様たちを手懐けたあの日以来、セイカはずっとこんな調子だ。俺としてはさっさと元通りになってほしいんだけど、神様の感覚というのはよく分からない。

ヴェータになんとかならないかと聞いたこともあったけど、ヴェータはそういう難しいことは考えたことがないということで、まったく当てにならなかった。

ただ、そんな状況でもセイカは給仕としての仕事はきっちりと果たしていた。自分の社、自分の聖域を立て直すためには必要なことなのだと分かっているようで、一切手を抜いてはいない。

なにか切っ掛けでもあればいいんだけどなと思っていたら、それはすぐにやってきた。

「たのもー‼」

それは突然の襲撃だった。完全な奇襲だった。この世界の連中は奇襲が挨拶だと思ってんのか？

「ここに竜殺しの英雄にして、二柱の神を籠絡した不届き者がいると聞いてまいりました！」

社の扉を豪快に開ける女。

豊満な体つきが、その白を基調とした清楚な衣装からもはっきり分かる。

「聖女エレミアが、不届き者を改心させてみせましょう！」

どどーん、という効果音が聞こえそうな態度だ。

俺は台所から広間のテーブルに料理を運び、それを無視する。

しかし、料理を目の前に置かれた客はその乱入者が気になったらしい。女に視線を向けながら、俺に声を掛ける。

「リュータ、いいのか？　あれお前のことだろう」

「籠絡してないから人違いだ」

「いや、ある意味籠絡……まあ、他人……じゃない他神が口を出すことでもないか」

その言葉通り、俺が今料理を出したのは人ではなく、人に化けた神だった。

本当の姿はなんかすごい鳥で、今はファンキーな兄ちゃんになっている。名前はツァールとかなんとかいってたけど、よく分からん。

神様ではあるけど、人間の客もいる時間帯は人の姿になるという神様たちの間で作られた

ルールに沿って、姿を変えている。

「そもそも、わたくしが神の声を聞くのがやっとなのに、なんでもない料理人が神の寵愛を受けるのがおかしいのです！　きっと悪しき呪法で神を操っているに違いありません！」

聖女はあることないことわめき散らす。

俺は別のテーブルに料理を運び、そこで別の神様に話しかけられた。

「あなたも大変ねぇ。あれって慈愛の神のところの聖女様よ。才能はあるんだけど、視野が狭すぎて声しか聞こえないんだって」

「なるほど、声しか聞こえないのに聖女なんてできるのかと思ったけど、そういうこともあるのか」

能力はあるのに、自分自身でそれを押さえ込んでしまっている。俺の世界でも良くあることだ。

「あなたは普通に神様が見えるし、なんなら引っ叩けるのにね」

「つまみ食いするのは、神だろうと人間だろうと引っ叩かれて当然だ」

「まあ、そうね。あ、籠絡ついでに、今晩どう？」

「仕込みがあるから無理だな。魅力的な誘いだとは思うけど」

「あら、そう言ってくれるなら、呪うのはやめてあげる」

「そりゃ良かった。今後ともご贔屓に頼む」

「ふふふ、そりゃもう、ね」

俺は晩酌セットを眼鏡を掛けた女神様の前に置き、立ち去る。

他の客に料理を運ぶ間も、聖女様は延々と演説を続けていた。

◇　◇　◇

「はぁ……はぁ……」

「はい水」

「ありがとう、ございます……」

聖女様は俺の差し出した水を飲み、一息吐く。

「美味しい……この少し甘い水はいったい……？」

「蜂蜜とレモンが入った水だ。疲れが取れるぞ」

「はちみつと、れもんですか。蜂蜜は分かりますが、れもんというのは聞いたことのない名前ですね」

「まあ、遠い場所の果物だしなぁ」

「そうなのですね」

「で、注文は？」

俺は聖女様に注文を聞く。

最初はレストランなんてやるつもりはなかったけど、色々なものを手に入れるにはこちらの方が好都合だと思い直した。

「注文……あの、わたくしはただ不届き者を……」

「ここは食事をするところ、御尋ね者を探すなら別のところでやってくれないか？」

「……確かに、他の方々にもご迷惑をお掛けしてしまいましたね。申し訳ありません」

聖女様は案外素直だった。

俺と周囲に頭を下げ、恥ずかしそうに頬を染める。

他の客もそんな風に素直に謝られたら、許すしかない。

「それは気にするな。どの客も騒がしいのには慣れてる」

主にセイカとヴェータのせいでな。

あいつらが常に騒々しいせいで、今日みたいに足りなくなった食材を探しに出ているときくらいしか静かにならない。

「あの、重ねて申し訳ないのですが、聖女という立場ですので、あまり肉などは……」

「ふむ、まったくだめなのか？」

「いえ、命に感謝する意味もありますので、少々であれば」

「そうか、分かった。それなら俺の故郷で、神官たちが食べるようなものを作ってやろう」

「ありがとうございます。でも、それは他の神に捧げるものでは？」

「いや、俺がアレンジしたやつだから、問題ない」

「そうですか、なら、それでお願いします」

そういう聖女様は、どこかわくわくしているように見えた。

もしかしたら、見た目こそ大人の女って感じだけど、もっと年下かもしれない。

◇◇◇

「ほら、できたぞ」

俺がエレミアの前に置いたのは、豆腐ハンバーグと精進料理を元にしたメニューを載せたプレートだった。

少し前に神様たちの間でダイエット料理が流行ったときに作ってみたけど、味は悪くない。

いくらダイエットだからって、不味いモノは食べたくないからな。

「——あの、お祈りは？」

「いただきますとだけ」

「分かりました、それではいただきます」

料理に一礼して、聖女エレミアは豆腐ハンバーグにナイフを入れた。

「お肉……だけではないのですね」

「大豆を使った加工品が混ざってる」

「そうなのですね」

エレミアは不思議そうに少しだけ首を傾げつつフォークに刺したハンバーグを眺めたあと、小さな口にそれを入れた。

小動物のようにそれを咀嚼するエレミアに、俺はこちらの世界の女性は必ずしも大口を開けずに食べるのだという確信を深める。

セイカとヴェータばかりを見ていると、どうしてもその常識が揺らいでしまう。

「美味しい！　このソースも、不思議な味わいですね」

「そっちはこの辺りで採れる果物を使ったソースだ。同じ味にならないから、次にこの料理を食べても、別の味だな」

「ふふふ、そういう料理も悪くないと思います」

エレミアはそのまま食事を進めていく。

最初はお行儀よくゆっくりと食べていたのだが、だんだんとその速度が増していく。

「おいし……こっちも……なぜでしょう……どんどんお腹に入ってくる……いつもならこんなに食べられないのに……」

ただ、その速さも一般的な女性の速さと変わらない。

俺は別の客に料理を出しながら、それを眺めていた。

そして、食べ終わる。

ソースまで綺麗になくなった皿を見て、俺は思わず笑みを浮かべる。

「綺麗に食べたな」

「あ、はい、はしたないところをおみせしまして……」

「いいさ、料理をした側からすれば、最高の評価だと思う」

「ふふふ、ありがとうございます。そんな風に言ってもらえたのは、いつ以来でしょうか。昔は、神殿の料理人の方にそういう風にお伝えしていたのですが、聖女に褒められたと言い広める方が出てからは……」

「まあ、嬉しかったんだろうけど、あまり褒められたことじゃないな」

「はい、それ以来、美味しいものを美味しいとは言えなくなってしまいました。ただ、今回の料理は本当に美味しかったです」

「それはよかった」

「あの、失礼な質問をするようですが、これはあなたが作ったのですか？」

「そうだ」

エレミアは俺の答えに目を輝かせた。

「そうなのですね！」

エレミアの表情はとても明るい、宝物を見つけた子どものようだ。

「本当に美味しかったです！　神殿で食べる料理も美味しいですが、やはり、温かい食事はとても美味しく感じます」

「温かい料理って、出来たては温かいだろう？　冷たい料理もあるにはあるが」

俺がそう言うと、エレミアは困ったような笑みを浮かべた。

「――わたくしは聖女ですから、あくまでも食事は儀式のひとつなのです。食欲を満たすような食事は許されません。ですから、温かいものを口にすることは許されないのです」

冷たい食事しか許されない宗教ということか。

でも、俺にはあまり信じられない。うちに来る神様連中はどいつもこいつも自分の欲求に素直で、美味いものを美味いときに食べる。わざわざ料理を冷まして食べる神様なんて、猫舌の神様くらいだった。

だから俺は、自分の中に湧き上がった疑問を素直に口にした。

「……神様がそう言ったのか？」

慈愛の神様という神様に心当たりはない。まだ会ったことがないだけかもしれないけど、信徒にそういう意味の分からないことを強いる神様には一度も会ったことがなかった。

「――いえ、習わしと申しますか、過去の聖女様がそうしていたのが、今に伝わっているのです」

その聖女様が猫舌だっただけじゃね？

そんな言葉が俺の中に浮かんだ。でも口にはしない。

さすがに失礼だしな。

「他の神官とかもそうしているのか？」

「いえ、他の方は普通に食堂で集まって食べているはずです。わたくしはひとり、聖堂にて運ばれてきた食事を頂きます」

「……そうか」

猫舌で大人数で食べるのが苦手な聖女様だったのか、それとも神官側が聖女を隔離したのか。とにかく、聖女の意思ではなく、周囲が勝手にエレミアの生活を決めている可能性が非常に高い。

「辛くないのか？」

「いいえ、それはありません」

エレミアはきっぱりと断言した。

その答えに嘘はないと、俺にも分かるくらいに真っ直ぐな眼差しだった。

「わたくしがそうした生活を送ることで、人々は聖女というものを信じられるのです。普通の人々がしないことをしている。だからこそ特別だと考える。それを積み重ねることで、人々は聖女を聖女と信じる。そして聖女を信じることで、人々は安心できる。わたくしの役目は、人々を安心させることだと思っています。だから、辛くありません」

エレミアは背筋を真っ直ぐにして、俺を見詰めた。

なるほど、誰かに強いられて始まった生活だとしても、本人がそれに納得しているなら外野がどうこういうのもおかしな話だな。

――でも、ここは慈愛の神様の神殿じゃあない。

「そうか、なら敬虔な聖女様にデザートを用意しよう」

「まあ、ありがとうございます！」

エレミアはそう言って嬉しそうに笑った。

でも、俺にはその笑顔が仮面に見える。

（聖女であることに慣れすぎて、自分でも聖女の演技をしていることに気づけないって感じだな）

まあ、本人がそれを嫌がっているわけじゃないから、俺が口を出すような問題じゃない。

ただ、俺が持て成すのは慈愛の神様の聖女じゃなくて、エレミアという女だ。

客は平等と俺は言った。みんなそのルールに従っている。

なら、俺もエレミアを聖女じゃなくて、単なるエレミアとして扱わないといけない。ルールは平等に課せられるからこそのルールだ。

「ちょっと待ってろ」

「はい」

俺は笑顔のエレミアに見送られ、厨房に向かう。

本当ならセイカたちのおやつになる予定だったものが、ちょうど完成するところだった。

「よし」

ちょうどオーブンの火が落ちたところだった。

俺は扉を開けると、その中で香ばしく甘い匂いを漂わせる陶器製の大きめのカップをひとつ取り出す。

焦げたカラメルの匂いが厨房に広がった。

「さて、聖女様のお気に召すといいが……」

俺はそれをプレートに乗せると厨房を出てエレミアの前に差し出す。

エレミアはそれを見て、目を丸くした。

「……これは、プディングですか？」

「いや、プリンだな」

プディングの一種がプリンな訳だが、俺がエレミアに出したのはホットプリンだった。

冷やして食べることの多いプリンだが、材料次第では焼き立てを食べるのが一番うまい。

ちなみにセイカはぷっちんするのが好きだ。

「食べてみろ」

「は、はい」

エレミアは恐る恐るといった感じで、スプーンをプリンに突き入れた。

カラメルの表面が焦げていて、香ばしい匂いが漂ってくる。その焼きカラメルをスプーンで砕き、中の卵黄色を掬う。

「なんて綺麗なお菓子……」

エレミアの目が輝く。

まるで子どもがお子様ランチのプリンを目の前にしたときのような、そんな表情だった。

「ほ、本当に頂いてもよろしいのですか？」

「早く食べないと冷めるぞ」

「は、はい！」

エレミアを急かすと、彼女は慌ててプリンを口に入れた。

その瞬間、エレミアの目が大きく見開かれる。

「こ、この味は……」

エレミアが呟いた瞬間、彼女の目から涙が零れ落ちた。

おいおい、さすがに泣くとは思わなかったぞ。

「エレミア？　大丈夫か？　熱すぎたか？」

俺は冷たいおしぼりを手に、エレミアの顔を覗き込む。

火傷でもさせてしまったのかと焦ったが、エレミアは首を振った。

「いいえ！　違うんです！　その、神殿の寄宿舎で仲間たちと食べたものと似ていたので……懐かしくて……」

「そうなのか？」

「はい、寄宿舎では鶏と牛を飼っていて、それを使って色々なお菓子を作りました。プディングも作ったんです。ただ、あまりにもお腹が空いて、普通なら冷やしてから食べるプディングを温かいままこっそり食べたことがあって、そのときのことを思い出しました」

エレミアはさらにプリンを口に運び、泣きながら笑みを浮かべる。

「ああ、やっぱり味は全然違いますね。でも、何故でしょうか。すごく似ている気がして……」

エレミアは何回もスプーンを往復させ、まるで何かを確かめるような、思い出そうとするような、そんな表情でプリンを平らげていく。

「……そうでした。あのときに一緒にいた子が、すごく料理の得意な子で、あなたのように色々な料理を作ってくれたんです。他の子たちもその子の料理が好きで……ああ、あのときの皆さんは、今どうしているのでしょうか、わたくし、どうしてあの子たちのことを思い出さなかったのでしょう。こんなに大切な思い出なのに……」

ぽろぽろと涙を零しながらプリンを食べるエレミア。

俺はその様子を見ながら、あることを思い出した。それは人の記憶と匂いに関する研究だ。

（人の記憶は匂いに深く結びついている。そして、料理は冷たくなると匂いが少なくなる。だから、エレミアは昔の友達のことを思い出せなかった）

湯気という形で料理の匂いは拡散する。

濃い味付けの料理なら冷たくても匂いがするだろうが、エレミアが普段食べるような薄い味付けの料理では冷めたら匂いなんてまったくしなかったんじゃないだろうか。

「……その子らはどうしてるんだ？」

「分かりません。ただ、どこかで元気にしているはずです。――――そういえば、何度かお手紙を出したのに、返事は来ていませんでした」

「ああ、それは……」

「きっと、誰かが握り潰してしまったのでしょうね。聖女の友人なんて、面倒なだけですから」

エレミアは寂しそうに笑った。

彼女の前のカップは、空になっている。

「……お代わりは？」

「結構です。とても美味しいですが、食べ過ぎては体によくありませんから」

「そうか。じゃあ次の機会は、別のものを用意しよう」

俺のその言葉に、エレミアが驚きの表情を浮かべる。

「え？　次って……」

「なんだ？　もう来ないつもりだったのか？　悪人を捕まえにきたんだろう？」

「……そうでした」

エレミアは恥ずかしそうに笑みを浮かべた。

そして何度か頷き、やがて顔を上げた。その笑顔は、ここに来たときとは違う、聖女ではない、単なるエレミアという普通の若い女性のものだった。

「ひとつお聞かせください。あなたはすでに奥様がいらっしゃいますか？」

「いや、独り身だけど……」

なんか嫌な予感がしてきたぞ。

この世界、たまにとんでもない肉食系がいるからな。いやまて、俺の知り合い、全員肉食系しかいないぞ。もしかして、この世界だとこれが普通なのか。

というか、食い物で釣られる奴が多すぎる。もっと食について充実させろ、世界よ。

「では！　わたくしと夫婦の契りを！　そして毎日この美味しい料理を！」

「――ふざけぇるなぁぁあああああああッ‼」

どたーん、と扉を開けてセイカが飛び込んでくる。

背中に巨大な猪を背負っていて、木の葉を大量に付けている。

「どうしてどいつもこいつも、妾の半身を奪おうとするのじゃ！　食べ物に釣られるなど、恥ずかしいと思わんのか！」

最初に料理に釣られたお前が言うなと思ったけど、その通りだとも思ったので黙っておく。

「セイカ様？　半身？　でも、こちらの方は……じゃあまさか！」

ようやくエレミアは、俺が自分の言っていた不届き者だと気づいたらしい。

同時に、自分の言っていたことの間違いにも気づいた。

でもなんだ、妙に嬉しそうな顔してないか？

「……わたくしが間違っていたようです。このような美味しいものを作れる方が、神を籠絡する悪しき者であるはずがありません」

「お主、自分が釣られたからそう言っているだけであろう」

「おほほ、そんなことはありませんわ」

いや、本当かよ。

それはそれとして、だ。

「生憎だけど、俺はここから動くつもりはないよ」

「な、なぜでしょうか？」

「ふふん、ここには妾が居るのだから当然――」

「いや、この社から離れると色々面倒が増えるから、動きたくない」

「我が半身!?　妾は!?　ねえ妾は!?」

ぎゃあぎゃあと騒がしいセイカを放っておいて、俺はエレミアに向き直る。

「そういう訳だから、プロポーズは断る。なんか、申し訳ないけどな」

「いえ、こちらこそ恥ずかしいことを致しました。ふふふ、あんなに美味しいものを食べたことがなかったので……」

「まあ、料理人としては嬉しかったよ。機会があれば食べに来てくれ」

「――それでは足りませんわ」

「え？」

「わたくし、ここで働きます。さきほどから見ていると、人手が足りないように見受けられますし」

ちらりと周囲を見詰め、エレミアはあっさりと断言した。

「ええ、やはり人手がまったく足りていません。これではリュータ様の食事を心から楽しむことなど不可能です」

「む、聖女に何ができるというのじゃ！　神殿の奥で祈るだけではないか！　力仕事もあるのじゃぞ！」

セイカががるるとエレミアを威嚇する。犬かお前は。

「それならご心配には及びません。これでも修道院寄宿舎の出身ですから、力仕事も、人々をおもてなしすることも経験があります」

「なんじゃと？」

「ほうほう、それはなかなか心強いな。うちには神しかいないから」

「……それも恐ろしい話ですが、如何でしょうか？」

俺はエレミアの提案に悩んだ。

しかし、ひとつ問題がある。

「俺はここに週の終わりしか来ない。それ以外のときはどうする？」

「それならば、普段は聖女としての役目を果たしましょう。どこかに転位門を設置させて頂ければ、そちらから参ります」

「いやまて！　勝手に話を進めるでない！」

「さあ、セイカ様！　契約を進めましょう！　眷属としての契約は無理ですが、ただの給仕としての契約ならば問題はありません！」

「そういうことでない！　ええい！　なんという力じゃ！　お主本当に聖女か⁉　女戦士とか聖騎士とかではあるまいな⁉　ぬぉおおおおお～～～～……っ」

エレミアに食ってかかるセイカだったけど、エレミアはそんなセイカを掴むと、俺の前から走り去る。セイカの声がどんどん遠ざかっていくのが聞こえた。

エレミア、足も速いな。

◇　◇　◇

妾を引っ掴んだエレミアは、そのまま妾を広間の隅まで連れ去った。

なんという無礼者じゃ。

一喝せねばと妾はエレミアを睨んだが、その真剣な表情に喉まで出かかった叱責は引っ込んでしまった。

「……セイカ様、お気づきになっていないのですか？」

「なんじゃ？」

「リュータ様のお体、かなり疲れが溜まっております。普段どのような生活をされているかは存知上げませんが、ここでの生活が負担になっているのではありませんか？」

「ふ、負担じゃと？」

言われて、リュータの日頃の生活を思い出す。

向こうの世界では商人として働いているらしい。

そしてこちらの世界では、料理を作っている。

向こうの世界での休みにこちらに来ているということじゃったから――――妾の顔から、血の気が引いた。

「――そのお顔、心当たりがあるのですね？」

「う、うむ」

「では、慈愛の神の聖女である、わたくしがいることの価値、お分かりでしょう？　一緒にいれば、魔法にてリューータ様を癒やす機会も多く得られます。疲れにくくすることもできるでしょう」

「それは、リューータのためじゃな?」

「半分はそうです。ですが……」

残りの半分は自分のためということか。

正直な女じゃな。

しかし、正直であるが故に、その顔には明らかにリューータに対する心からの心配が見てとれる。演技ではない。神を騙せるほどの演技ができるなら、この者は聖女ではなく女優として大成していたであろう。

「まあ、正直な答えに免じて、ここで働くことを許そう。――もうひとり、ヴェータという神がいるが、まあ、気にせずとも良い」

「あの戦神ヴェータ様ですね。週ごと、どこかにお出かけになるという噂を聞きましたが、ここにいらしていたのですね」

「うむ」

本当にめんどうな奴じゃ。

だが、食材集めに関しては妾より役に立つし、神々に話を持っていくにもヴェータの方がいい。

実際、神たちが妾の社に顔を出すようになって、妾の力は少しずつ回復するようになった。

妾の存在が人々に知られるようになったということじゃろうな。

「リュータは大丈夫じゃろうか？」

「さっそく癒やしの魔法で体を治療しましょう。大丈夫です、わたくしとしても、リュータ様に倒れられては困りますから」

そう言うエレミアの顔は、まるで恋する乙女のようじゃ、そんなにもリュータの料理が気に入ったのかのう。

まあ、我が半身の料理じゃ、聖女さえ虜にしたとしてもおかしくはないな！

「うむうむ」

まあ、それに慈愛の神の聖女なら間違いはあるまい。

あの神、世話焼きで有名じゃからな。人を騙そうとしたり、利用しようと考える者を聖女に選んだりはすまい。

「しかし、なんというか……」

妾、本当に役に立っておらぬな……。

第八章　セイカ異世界に行く

「――――」

広間の隅っこでどんよりとした空気を纏ったセイカがいる。

今朝までは張り切って饗応するのだと言っていたのに、わずか一時間程度でこの有様だ。

「妾はだめじゃぁ、だめなかみじゃあ……」

本当に駄目神と化している理由は、広間の中にある。

「いらっしゃいませ、席にご案内します」

「メニューはこちらになります」

「ありがとうございました。またのご利用を」

「あら、詐術の神様ではありませんか、今日はなにをお召し上がりになりますか？」

エレミアの修道院時代の知り合いという給仕たちが店にやってきて、あっという間に店内を取り仕切るようになった。

そのせいでセイカは仕事を奪われ、隅っこでいじけている。

「おいセイカ」

「なんじゃぁ」

本当に駄目になってやがる。

こっそり店に入り込んだタヌキっぽい生き物に肩を叩かれ、慰められているような状態だった。

とても役に立たないぞ。

うーん、さすがにここの神様がこれはまずい。

でも、エレミアたちの助けは本当に嬉しい。

となると、アプローチ先は――

「セイカ、相談がある」

俺の世界の方だ。

◇◇◇

リュータに相談と言われて、妾はついに来るべきときがきたのだと思った。

別の神に仕えたいと言われても仕方がないと思った。

じゃが、リュータは妾がまったく考えていなかったことを提案してきた。


「――ただいま」

「お、おかえり」

妾がリュータの世界に来てから三日。

毎日リュータがげっそりした顔で帰ってくるのを出迎えて、妾もさすがに反省した。

こんな状態で毎日を過ごしているリュータに我が侭を言っていたのだと思うと、思わず穴を掘って冬眠したくなるほどじゃ。

あの日、リュータは妾を自分の世界に連れていきたいと申し出た。妾はそんなことを提案されるとは思っていなかったが、しかしリュータの世界を見てみたいという気持ちがなかったと言えば嘘になる。

妾は自分の力をある程度封じることで、こちらの世界で動き回れる体を手に入れた。もちろん、妾ひとりではこんなことはできない。

リュータという半身がいるからこそ、妾はこうしてこちらの世界にいることができる。きっとヴェータでも同じことはできないであろうな。

「食事の準備はできておるぞ」

「ありがとう、助かる」

「うむ、当然じゃ」

妾の用意した夕食に手を伸ばすリュータ。

その表情は暗い。ただ、それは妾の料理が不味いとかそういう訳ではないのじゃ。妾とて、動物たちに料理を振る舞うようになって、ある程度の料理ならできるようになったからの。

今のリュータは暗いというよりも、疲れ切っておる。きっとこちらの世界での仕事で気力を使い果たしてしまったのじゃろう。

「なあ、リュータ、眷属たちでは役に立てぬか？」

そういって、妾はリュータが仕事場に持っていく鞄を持ち上げる。

その中から、三つの小さな影が飛び出した。

「こん」

「みゃあ」

「グルル……」

妾の眷属である子狐。

ヴェータの眷属である獅子の子。

あの聖女が神に求めて与えられた竜の子。

リュータの安全のためにと三体も眷属を用意したのに、役に立っている様子がない。

「いや、かなり癒やされてるぞ」

そういって手招きするリュータ。

すると眷属たちは一斉に移動を始め、食事の並ぶテーブルの上に飛び乗る。

眷属たちは順番にリュータに撫でてもらい、満足そうだ。羨ましい。

「こいつらを仕事机に並べておくと、やる気が出るんだ。じっとしててもらわないと困るけど……」

「そのあたりは大丈夫じゃ。厳密には生き物ではないからの」

眷属は二種類あって、生き物を眷属とする場合と、一から作る場合がある。

今回リュータに渡したのは、妾たちが一から作り上げたもので、生き物のように勝手に動き出すようなことはない。

あくまでもリュータが求めたとおりに動くだけじゃ。

ただ、心がない訳でもないから、きっとリュータのことを慕っているのも間違いなかろう。

「そうか、それならいいんだ。職場でも結構人気あるしな」

「わははははっ、当然じゃ。我が眷属じゃからな」

そういって笑う妾じゃが、やはり心配は心配じゃ。

妾はリュータに頼ってばかりじゃ……。

「そうだ、明日は休みを取ったんだ。ちょっと出掛けないか？」

「ふむ？　別に構わんが……」

どこに出掛けるというのじゃろうか。

食料の買い出しかの。

◇◇◇

「なんじゃぁぁあああああああッ⁉」

ぶほん、という音が尻から聞こえ、隠していた尻尾と耳が現れてしまったことに、妾は気づかなかった。

正確には、気付づく余裕がなかった。

「おい――――いや、ここなら大丈夫か？」

妾はリュータの住む街にある、色々な店を偵察しにきた。

色々な食べ物があるということで楽しみにしておったのじゃが、何故か街に妾の世界の連中が屯しておる。

見たことのあるような神の姿もあって、妾は驚きでいっぱいになる。

「な、な、なんで妾の世界の連中がここに⁉　まさか、妾が知らないだけで、皆こちらの世界に遊びにきておったのか⁉」

「いや、違う違う、あれはコスプレって奴で、仮装みたいなもんだよ。今日はなんか、コスプレで歩行者天国みたいなイベントやってるみたいだな」

「こすぷれ、とな」

そういえば、妾が耳と尻尾を露わにしても、ここの連中はなんとも思っておらぬようじゃ。

たまに小さな板を向けてくる者がおるが、かわいいかわいいと褒めてくれるので許しておく。

「それで、妾たちはどこに向かっておるのじゃ？」

「うーん、そうだな。まずは手堅いところからいくか」

◇　◇　◇

「お帰りなさいませ、ご主人様！　お嬢様！」

「おおっ⁉　給仕？　いや、メイドか？」

妾たちが最初に入った店は、華やかなメイドたちのいる店じゃった。

あちらの世界のメイドよりも、なんというか、軽い感じのするメイドたちじゃ。

しかしそれだけに親しみやすいというか、仲良くなれそうな雰囲気がある。

ううむ、こういう店もあるのじゃな。


「ようこそ、旦那様、お嬢様」

「ぬお、今度は執事か！」

次の店は執事たちの店じゃった。

男の執事もいれば、女の執事もいる。

先ほどの店とくらべるとかなり落ち着いた空気で、妾としては居心地が悪ぃ。

ただ――

「ふう……」

リュータはこちらの方が落ち着くようで、ゆっくりと飲み物を飲んでいる。

コーヒーという黒い飲み物で、妾には苦すぎた。リュータが砂糖と牛乳を入れてくれて、かなり美味くなった。

「よくぞきた、勇者たちよ」

「勇者ぁ!?」

思わず尻尾の毛が逆立ったが、どうやら妾たちの世界をモチーフにした食堂らしぃ。

確かに店員たちが妾の世界でもよく見る格好をしておる。

妾としては落ち着くが、なんというか、あまりありがたみがないのぉ。

「診察券をお出しくださーい」

「ひぃっ!?　な、なんじゃ!?　何故か足が外に逃げようとするぞ!?」

「動物病院じゃないぞ、ここは」

「そんなこと分かっておるわ！」

次の店は、治療院をモチーフにした店じゃな。

ただ、妾としては今すぐ逃げ出したい気がして落ち着かぬ。

何故じゃ、何故か魂がここから逃げろと訴えかけてくる。そして、ここにいるとリュータに騙されたような気がしてならんのじゃ。

◇◇◇

「はぁ……疲れた」

妾はぐったりと床に倒れ込む。

あのあともいくつか店を回ったが、それぞれの店があまりにも差がありすぎて、心が疲れてしまったわ。

「どうだった？」

「なにがじゃ？」

「どこが一番良かった？」

「どこがって……」

リュータに問われ、妾は今日回った店をひとつひとつ思い出していく。

落ち着く場所、落ち着かない場所があったが、一番良かったと聞かれると困る。

「そんなの分からぬ。どこもそれなりに面白かったぞ。ただ、どの店の給仕も妾よりよく働いておった……妾はこちらの世界でも役立たずじゃ……」

妾はリュータに何もしてやれぬ。

ヴェータは世界中の食糧を集めてくるし、エレミアはどこでどう覚えたのか堂に入った給仕っぷりを見せつけてくる。あの勇者ですらリュータの求めに応じて色々な品を集めてくる。

妾は自分の神域で動物たちと一緒に、牛の世話をしているのがせいぜいじゃ。

「――そうだな、それでいいんだ。お前もな」

「なぬ？」

リュータはいつの間にか、台所で夕食を作っていた。

前掛け姿を後ろから眺めていると、不思議な気分になる。

「給仕の子たちはそれで生きていくために技術を磨いた子たちだ。神様だからって付け焼き刃のお前が勝てる訳がない」

「たしかにそうじゃな」

生きる術と言われれば、嫉妬はあれども怒りはない。

妾ではあんな風に饗応することはできぬ。しかし、妾には他にも色々なことができる。

力を失ったとはいえ、神だからの。

「なら、お前ができることをすればいい。俺の手伝いでも、ヴェータの手伝いでも、なんなら眷属たちを連れて、畑の手入れをしてくれてもいい。いつもやってくれてるだろう？　あれはすごく助かってるんだぞ」

「そ、それは……」

神域の中に畑を作ったのはヴェータへの対抗心からじゃ。

あやつは狩りで獲物をとることはできるが、作物を育てる権能はない。

その点、妾は神域の中であれば色々な作物を作れる。

成長も早められるし、栄養も満点じゃ。

「リュータは、妾にどうしてほしいのじゃ？」

妾にとっては、他の誰がどう思おうと、リュータの意見が最優先じゃ。

他の神に言われたとて、リュータのひと言には勝てぬ。

それが妾よりも強い、上級神たちでもじゃ。

「お前が一番楽しいと思えるようなことをすればいい。俺がいなくなっても平気なようにな」

「リュータ……」

以前なら、そんなこと言うなと怒鳴るところじゃ。

じゃが、リュータが妾のことを考えて言ってくれているのだと今なら理解できる。

「──分かった。考えてみるのじゃ」

妾はその日、ずっと考え込んだ。

そして、決めた。

◇　◇　◇

「い、いらっしゃいませ……ご、ご主人様……」

「ふふ、ふふん、今日こその精気、いただくわよ」

妾はヴェータとエレミアに新しい衣装を着せ、にやりと笑う。

あの世界には色々な衣装があったが、こやつらの体にぴったりなものもあって本当に良かった。

「なぜ」

露出の多いメイド服に身を包んだヴェータが、震えながら妾を睨み付ける。

スカートを隠しながらのせいで、掴みかかることもできぬと見える。

「お主は他者に仕える者の気持ちを理解せねばと思ったのじゃ。くれてやる、という意識ではリュータの迷惑になる」

「う……」

納得したのかどうなのか、ヴェータが黙り込む。

次はエレミアじゃな。

「あの、わたくしはなぜ、淫魔の格好を……？」

「お主は自分を偽る癖がある。我が半身に執着しているのは、その反動であろう？」

「いえ、そんなことは……」

「すべてがそうだとは言わぬ。じゃが、お主は自分を曝け出すことが必要じゃ。慈愛神に許可はもらった」

「そんな！」

「淫魔なんて、お主の天敵ではないか。敵を知らねば勝てる戦いも勝てぬぞ」

「うう……」

エレミアも恥ずかしそうに顔を伏せる。

「でも、セイカはあんまり変わらない」

「そうです。ちょっと雰囲気は変わりましたが……」

「うむ、なんでもミニスカ巫女服というらしい。妙に馴染んでのぉ、他にも色々持ってきたが、とりあえず着てみた」

ただこの服では、下着を着けるのは禁忌らしい。

説明書という紙にそう書いてあったのじゃが、本当なのか。

ちょっと動くだけで見えてしまいそうなのじゃ。

「では、このままで接客をはじめる！」

「えッ⁉」

ふたりが揃って顔を青くする。

妾も恥ずかしいのじゃ、我慢せい。

「饗応は驚きが大切じゃ！　落ち着いた雰囲気も良かろう。しかし、たまにはこうして驚きを与えねばならぬ！」

「分かるような……」

「分からないような……」

ふたりは妾の考えに納得できないらしい。

じゃが、ここは妾の社、納得してもらうぞ。

「ふふふ、それなら、リュータに決めてもらおうではないか。リュータに似合うと言われたら、お主らも納得するじゃろう？」

「まあ」

「それなら……」

うむ、単純な奴らめ。

妾も負けておらんがな！

「おーい、リューター！」

妾は台所にいるリュータを呼び付ける。

リュータは料理の準備のために、ずっと台所に引っ込んでおったのじゃ。

妾たちの格好も見ておらぬ。

「なんだ?」

そう言って顔を出すリュータ。

さあ、驚くがいい。

「あ、リュータ」

「リュータ様……」

ふたりが恥ずかしそうに衣装を見せる。

そうじゃ、その仕草が大切なのじゃ。

恥じらいというのは、とても大切なのじゃ。

妾にもほしいの。

「――――まあ、いいんじゃないか」

「それだけかお主⁉ そしてお主らはそれで納得するのか! ええい、顔を染めるでない!

こんな取って付けたような感想で‼」

「いや、別に取って付けたわけじゃない。どっちも似合ってるから、それでいいと思っただけだぞ。あ、お前も似合ってる」

「そ、そうか、それなら良いのじゃ……」

まあ、似合っているというならそれで良い。

ここは妾とリュータの社、妾とリュータが納得しているのなら、それで良いのじゃ。

「ではふたりとも！　今日の饗応はこれでいくぞ！」

「おー」

「は、はいぃ……」

「――コスプレレストランかぁ。まあ、イベントならいいか」

少しだけリュータが首を傾げていたような気がしたが、気にするだけ無駄じゃ。

妾は、妾が楽しめる社を作るのじゃ！

第九章　招かれざる客

問題というのは、いつの間にか近付いてくる。

危機は、誰にも気づかれないように、ひっそりとやってくる。

歴史がそう証明してきた。俺もまた、それを体験している。

セイカが企画した特別衣装の日。

その終盤で、そいつはやってきた。


「こぉ～～ん‼」

「グォオオオオオ‼」

「ガァァァアアアアッ‼」

最初に反応したのは、俺の傍らに居た三匹の眷属。

セイカとヴェータ、そして慈愛の神から預かったそいつらが、突然巨大化して何本もの尻尾を持つ巨大な狐。燃えるような鬣《たてがみ》を持つライオン。そして、白い鱗のドラゴンへと変身した。

「んなぁッ⁉」

三頭は突然店の中で巨大化して、驚く俺を余所にある客に飛び掛かる。

「ふふふ」

そいつは三頭の攻撃を苦もなく弾くと、そいつらを建物の外まで吹き飛ばした。

外壁が吹き飛び、地面に三頭が転がる。

「なにッ⁉　おいっ！　大丈夫か⁉」

俺は慌ててそいつらに駆け寄ろうとしたが、その肩を誰かが掴んだ。

「下がって」

ヴェータだった。客の相手をしていたヴェータは、剣を作り出してそいつに斬り掛かる。

「っ‼」

「ほう、戦神。こんなところで可愛らしい格好をしているじゃないか」

「なんでここに？」

「ここに欲しい物があるからだよ、戦神」

「くっ」

ヴェータは何度か剣を振るったけど、そいつの守りを突破できなかった。

「いかに戦神とはいえ、他の神の神域ではその力も半減すると見える」

「……半減したところで！」

ヴェータが剣から槍に得物を切り替え、連続の刺突を見舞う。

まるで流星のように残像を曳いた穂先が客に向かうけど、客はそれを黒い靄のような壁で防いだ。

「ちっ！」

ヴェータはさらに攻め方を切り替える。

今度は大きな戦鎚を作り出して、大きく振りかぶった。

「おっと」

客はその一撃を防ぐことはせず、後ろに下がってそれを回避した。

「神殺しの戦鎚か。以前にボクの同類を葬ってくれた武器だ。そういう実績が、威力にも反映されているようだ。いやな気配を纏っている」

「……なぜ知ってる」

「ボクらも馬鹿じゃない。自分たちを滅ぼした武器の情報くらい、きちんと共有するさ」

「くっ」

どうやらヴェータが作ったあの戦鎚は、すでにあの客の同類を倒したことがあるらしい。この世界ではそうした実績は力として武器に反映される。

竜殺しとか、神殺しとかの実績がある武器は、そういう能力を備えるようになるらしい。だからこそヴェータは奥の手としてあの武器を使ったみたいだったけど、それを知っていたから防御ではなく回避を選んだということだ。

もしも防御していたら、倒せたのだろう。

「さて、それじゃあ次はこちらから攻めさせてもらうよ」

「っ‼」

客の周囲に黒い何かが沸き立ち、それは明確にヴェータへの殺意を漲らせる。俺は慌ててヴェータの援護に向かおうとしたけど、それよりも早く凛とした声が響いた。

「ヴェータ様！　援護いたします‼」

エレミアだった。

給仕服を纏ったままではあったけど、その手には聖女として神に与えられた杖を持っている。

神々しさを感じる杖の先端に光が集まっていくと、室内はその光に照らされた。

「悪しき者よ、神罰を受けなさい！　――聖なる雷よ‼」

エレミアが放ったのは神が自らに仇なす者に罰を与えるときに地上に落とすという雷だった。

雷鳴が轟き、店の窓が割れる。

雷が客に落ち、俺の視界は真っ白に染まった。

「エレミア⁉」

さすがに雷はまずいのではと思った俺がそう叫んだ瞬間、光の中からヴェータが弾き出され、エレミアに激突する。

「うっ」

「きゃあああっ！」

吹き飛ばされたふたりは、すぐに立ち上がった。戦いに慣れているヴェータはともかく、エレミアもすぐに体勢を立て直す。

「エレミア」

「はい、援護はお任せください」

ヴェータは素早い攻撃を得意とするレイピアを作り出し、客に躍りかかる。そのヴェータを光の膜が包み込み、ヴェータの動きを加速させた。

たぶん、エレミアの支援魔法だ。

「はぁっ‼」

ヴェータのレイピアが幾重もの残像を伴って客に向かう。先ほどの槍よりも遙かに早い。エレミアの援護もあるからなのか、どんどん客を追い詰めていく。

「ふふふ……」

でも、客の表情から余裕は消えない。明らかになにか企んでいる。

（いったいなんだ？）

俺はそれが何か周囲に目を向ける。

そして、俺はエレミアの背後に黒い影を見つけた。

「エレミア！　後ろだ！」

「えっ⁉」

エレミアが慌てて背後を振り向いた瞬間、壁から伸びた黒い柱がエレミアの体を強打した。

「あぅッ‼」

エレミアの体がくの字に折れ、苦しげな呻きと共にエレミアが吹き飛んだ。その先にいたのは、ヴェータだった。

「なッ⁉」

自分に向かって跳んでくるエレミアに、ヴェータは驚いたような声を上げる。

しかしそのまま避けては、エレミアはヴェータのレイピアと斬り結んでいる客の作った黒い影に串刺しにされてしまう。

ヴェータは一瞬だけ迷った様子を見せたけど、すぐにエレミアを受け止める体勢になった。

「くっ」

それが致命的な隙になった。

「あははははっ！　神が敵を倒すよりも他の神の眷属を優先するとはね！　これも耄碌《もうろく》っていうのかなぁっ！」

客はエレミアを抱き留めたヴェータに向かって特大の影を放つ。

まるで黒い濁流だ。

「ぐぁあっ‼」

「きゃああっ‼」

それはふたりを飲み込み、そのまま社の壁に叩き付けた。衝撃で社全体が揺れるほどの威力に、俺は思わず息を呑む。

「ッ‼」

声にならない悲鳴を上げ、ふたりが崩れ落ちる。

「ヴェータ！　エレミア！」

俺は慌ててふたりに駆け寄ろうとする。

しかし、それをいつのまにか背後に現れたセイカが押し留める。

「リュータ！　すぐに門を通って向こうの世界へいくのじゃ！　逃げよ！」

客に相対したまま、そういって俺を逃がそうとするセイカ。

でも、客はそんなセイカを面白そうに眺めるだけだ。

「――あの出来損ないの転位門なら、今は使い物にならないと思うよ？　あんなちっぽけな神の力なんて、ボクの前ではなんの意味もない」

「ちっぽけでわるかったのぉ！　じゃが、お主を倒せば済むことじゃ！」

セイカが両手に光の剣を作り出し、客に飛び掛かる。

でも、戦神であるヴェータが勝てなかった相手に、セイカが勝てるはずもない。

「はぁあああぁッ‼」

「あははは ッ‼」

セイカの光の剣が、客の黒い刃と火花を散らす。

セイカは戦神ではない。でも、外敵から人々を守ることも権能のうちだと言っていた。だから、まったく戦えないわけじゃない。

「ぐむむむっ！」

でも、それでも、やっぱりセイカは戦うための神様じゃない。

「あはははは‼」

「なぬっ⁉」

客の一撃がセイカの剣を片方打ち砕く。そんな状況でも、セイカは必死に戦い続け、かなり善戦したのは、力を取り戻しつつあるのと、ここがセイカの神域だからだろう。

でも、それだけだった。

さらに巨大な影がセイカを襲い、セイカを飲み込む。

「あぐぅっ‼」

店の奥に吹き飛ばされるセイカ。

セイカは苦しそうに床に這い蹲り、俺を見詰めた。早く逃げろとその目が言っている。

「ふふふ、邪魔が入ったけど、もう大丈夫そうだね。他の神も今はいないみたいだし、居てもボクには勝てない」

そう言いながら、奴は俺の前に立った。

◇　◇　◇

「ふふふふ、そう怖がらないでほしいな」

「そういうことは客として振る舞ってから言ってくれ」

あっという間に眷属と神様ふたり、さらに聖女まで叩きのめしたそいつは、ニコニコと笑っている。

でも、その笑顔は貼り付けたような代物で、とても笑顔とは思えない。

「りゅ、リュータ、そやつから離れるのじゃ……」

床に倒れているセイカが、必死に俺に呼び掛ける。

他のふたりも、少し離れたところで倒れ伏して、こちらに顔だけを向けていた。

「なんで、魔の神がここに……？」

「魔神、伝説上の存在だったのでは？」

どうやら客の正体が分かった。

魔の神、魔神、ふたりの言葉から考えると、きっとコイツは魔の者たちにとっての神様なんだろう。

そして、神様たちは魔の者と敵対している。

なら、こいつは敵の神様ということになる。

「食い逃げか？」

「はははは、随分な扱いだね」

「くっ」

魔神は、黒髪の女の子の姿をしていた。

それが本当の姿なのか、変身しているのかは分からないが、店に入ってきたときも、食事をしているときも、誰もこいつの正体に気づかなかった。

「君の料理、とても美味しかったよ。力が漲るようだ」

「……なんじゃと？　なぜ、お主の力まで……」

「ボクも神だからだよ、セイカ。君たちとは違う形の神だ」

魔神というくらいだから、そうなのだろうとは思っていた。

でもセイカたちの反応を見ると、セイカたちにとって魔神というのは自分たちとは大きくかけ離れた存在という認識だった。

でも、俺の料理、神様の力を回復するという料理で力を得た。

なら、それは神の証拠だ。俺は神様に対しての食事を作った。そこに区別はない。

「まあ、結局は君がボクたちをどう認識しているかなんだろうね。余所の世界の住人である君にとっては、ボクも他の神も同じものなのかも」

「――違うのか？」

「いや、同じさ。ボクたちはそう思ってる。でも、セイカたちは認めないだろう。彼女たちにとって、ボクたちはいてほしくない存在だからね」

魔神はそう言って目を伏せる。

寂しそうに見えたのは、俺の目の錯覚だろうか。

「……初めて食べたよ、ボクたちを崇める連中は、普通の神に捧げられるようなものは捧げてくれない。生け贄だの、魂だの、そんなものばかりだ」

「そりゃあ迷惑な話だな」

「分かってくれるかい？　本当に嫌なんだけどね、彼らはなかなかに都合の良い頭をしているから、ボクたちの言葉なんてきいちゃいない」

「狂信者なんてそんなものだろ？」

「ふふふ、そうかもね」

魔神の力は、今もその体から噴き出し続けている。

俺にまったく影響がないのは、ただ魔神がそうしているだけなんだろう。

他の客も、他の神も、全員床だ。客に関しては最初の眷属たちの時点で、この魔神の力に当てられて気絶していた。

「君がほしい」

「お前もか」

「他の神にも言われたんだろう？　当然じゃないか、君の料理は、ボクたちの体を癒やし、強くする」

「まあ、料理ってのはそういうものだからな。癒やして、強くする。そのために世のお母さんお父さんは色々考えてる」

「はははははっ、母と父か、ボクのそういう存在は、ボクたちのことをなかったことにしてしまったよ」

「…………」

なんか、色々な問題はそいつのせいじゃないかと思えてきた。

その親、教育らしい教育してねえな。

「さて、リュータ、あまりボクは気の長い性格じゃない。答えを聞きたい」

「…………」

俺は黙り込む。

ここでなにをいったところで、魔神に勝てる訳がない。

だから、大人しく従うしかないんだが――

『リュータ！』

『リュータ』

『リュータ様！』

さっきから、俺の頭の中にセイカたちが話しかけてくる。

返事の方法が分からないから、ただ聞くしかできない。

たぶん魔法なんだろうけど、こういうのがあるなら使い方教えてくれればいいのに。

『聞け、リュータ！』

『あいつは魔神だけど、神』

『神と同じく、契約で縛ることができます！』

三人とも同じことを言ってくる。

でも、声が重なっていて聞き取りにくい。でも、以前に神々を大人しくさせたのと同じ方法が使えるということなのだろう。

俺は単に店のルールを押し付けたのだと思っていたけど、どうやらアレは神様にとっての特攻だったらしい。

『妾たちが何とかするまで』

『時間を稼いで』

『リュータ様！　お返事を！』

だから、返事できないんだっての。

しかし、契約かぁ。

契約ってのは、約束だ。

互いに利益を提供し合うというものだ。

普通なら契約書を交わしてということになるが、こいつが大人しくそれにサインするとは思えない。

「どうしたのかな？　そういえば、さっきからあちらの神が静かだね。もしかして思念通話でもしてるのかな？」

「のじゃっ⁉」

図星を指されたセイカが声を上げてしまう。

他のふたりががっくりと肩を落とすのが見えた。

すまない、アホの神がすまない。

「——余計なことは考えない方が良いよ。確かにボクには色々弱点がある、でも、君の料理を食べた今、その弱点だって……」

「あ」

そうだ。

こいつは俺の料理を食べたんだ。

なら、なんとかなる。

「美味かったか？」

「なに？」

俺は魔神に質問する。

魔神は少しだけ戸惑ったような態度を見せたが、自分の勝利を確信しているのかあっさりと答えた。

「ああ、とても美味だった」

「そうか、なら契約は成立だな」

「――――なんだって？」

俺は魔神に近付く。

まさか自分から近付いてくるとは思っていなかったんだろう。

魔神は戸惑い、その姿に相応しい慌てぶりを見せた。

やっぱりこの世界の神ってのは、どいつもこいつもガキなのではないだろうか。

「な、なんだよ、ボクはなにも契約なんて……」

「いや、レストランってのは、契約なんだよ。こっちは食べ物を出す、そっちは対価を支払うっていうな。そして、お前は俺の料理を食べた」

「あ……」

こんなの人なら子どもでも知っている。

でも、魔神の周囲にいる人ってのは、どいつもこいつもぶっ飛んでる奴ばかりだったはずだ。

そうじゃなかったら、こいつがこんなにもぶっ飛んでる訳がない。

そいつらは間違いなく、常識なんて教えなかっただろう。

「さて、代金をもらおうか」

「そ、それならお金が……」

魔神はじりじりと後退する。

俺は同じだけ進む。

「神様の食事が金で支払えるわけないだろう？」

実際は金でも支払えるんだけど、それは俺が納得しているからだ。

俺が納得しなければ、神は金で代価を支払えない。

「な、なんだよ、なにするつもりだよ……」

いよいよ、魔神は怯えを隠さなくなる。ただの人間であるはずの俺が自分をまったく恐れない。そんな状況が怖いと思っているに違いない。

セイカたちを押さえ付ける力の放出はそのままだが、俺に対してはまるで自分を守るかのように体を隠している。――――その仕草やめてほしい、俺が悪いことしてるみたいな気分になる。

「ボクは、ボクだって、美味しいって知りたくて……」

魔神が泣き出す。

やっぱりそうか。

こいつの行動は我が儘な子どもそのものだった。

精神性も子どもだ。

頭が良い分取り繕えていたんだろうが、本質は子どものまま。

「おい」

「ひぃっ⁉」

ついにしゃがみ込んでしまう魔神。

本当にこいつ、世界を脅威にさらしてる悪い神なのか。

まあ、話を聞けば違うのかもしれん。なんか、親の教育のせいって感じもあるし。

「お前、名前は？」

「なまえ？　ボクは魔の神で……」

「いや、名前ってセイカとかヴェータとかだよ」

「……ない。もらってない」

きゅっと唇を噛み締める魔神。

名前ってのは親からもらうのが普通だが、そうか、こいつの親はそれさえしなかったか。

そりゃあ、悪い子にもなる。俺はまだ人の親になってないから分からないけど、名前ってのはこうなってほしいっていう親や近しい人たちの願いの結晶だ。

それがないなら、こいつが正しい神様になれる訳もない。

「……なら、俺がとりあえず付けておく。働かせるのに呼び名がないのは不便だからな」

「え？」

「おいリュータ！　今、とんでもないこといわなんだか⁉」

「働く？」

「――まさか」

三人にも聞こえていたらしい。

まあ、ちょうどいい。同僚になるんだからな。

「お前はそうだな、黒い髪が似合う神様だから……」

俺はひとつの名前を告げる。

それによって契約は成立し、魔神はうちの従業員になった。

エピローグ　『特集！　幻の神様レストラン～～辺境の幻の食事処に迫る～～』

筆者は方々手を尽くし、ようやく幻と呼ばれているレストランの所在を掴んだ。

帝国首都から四日。

船や馬車を乗り継いだ場所にその店はある。

大陸の中央、中央山脈の中に、小さな小さな神域がある。

それは多くの神が足繁く通う食事処、レストラン。

「ツクヨ～～ッ！　お主！　妾の分までまかないを食うとはなにごとじゃ！」

「えー、だって先輩もどってこないしー、いらないとおもってー、冷めたらまずいしー」

「ふっざけるのぉぉあああああ‼」

騒々しい声が聞こえるのも、ここの日常だ。

「うるさい」

「おふたりとも、そろそろ午後のお店の時間です。準備をしてくださいな」

ふたりの騒々しい従業員を窘める別の従業員の声も、やはり日常だ。

「しかし、しかしなぁ！　今日の昼は、妾が楽しみにしておったかつ丼なのじゃ！　リュータがずっとたれの研究をしていたやつなのじゃ！　妾は、妾はぁ～～……うおぉおおおんっ‼」

「わー、先輩泣いてるぅー」

「うわ」

「そこまで食べたかったのですか……」

そんな声に惹かれて建物に辿り着けば、そこには温かな雰囲気の山小屋がある。

丸太を積み上げ、屋根を載せただけの簡単な造り。

しかし、その丸太は神の力で守られていて、人の力では壊すことはできない。

「ん？」

その店先で、男がひとり、三匹の動物を撫でている。

「やあ、いらっしゃい」

彼がここの主だ。

三柱の神と、聖女を従える人間。

勇者でも、英雄でもない、普通の人間。

しかし、帝都でも他の街でも、彼を侮る人はいない。王族であっても彼には敬意を払い、礼儀正しい客として店に出向くという。

そうでなければ、彼は客と認めず、店から追い出されてしまう。過去にそうして追い出された王族がいたという噂が流れ、その王族は大いに面目を失ったという。

いくら神でも王族でも等しく客として扱われる場所、きっとここはそういうところなのだ。

「良い天気だなぁ」

そう言って、彼は空を見上げる。

木漏れ日が降り注ぐ中で、彼は目を細める。

筆者は彼に、どうしてここで店を開いているのかと質問した。

彼はこちらに笑みを向けて答えた。

「最初はただ流されてただけだったけど、途中から考えが変わった」

彼は動物たちを撫でながら続けた。

「俺はやっぱり、静かなだけでも騒々しいだけでも駄目だ。他でもない俺が、一番楽しいと思える。自分で選んだ人生――――セカンドライフってのは、やっぱりこうじゃないとな」

了

あとがき

皆さまこんにちは、作品のために色々な動画を見たり、雑誌を読んだりしてセルフ飯テロをして苦しんだ白沢です。

執筆中も食欲を高めるために調理音ASMRを作業用BGMにしていたので、本当に苦しかった。切る音、焼く音、揚げる音、食器の擦れる音、飲み物を注ぐ音。音だけでもお腹が空くような時間を過ごして、今回の作品が出来上がりました。

この作品を読んだ皆さまのお腹が、想像だけで膨れていれば幸いです。

逆にお腹が空いてしまったら、きっとご飯を美味しく食べられるはずなので、美味しいものを食べて幸せになって頂けたらと思います。


今回の作品では異世界ものと言いつつ、異世界での主人公の行動範囲は恐ろしく狭いです。

セイカの社周辺でしか行動していないので、普通の人の形をした、なんの縛りも課せられていない主人公では、もしかしたら一番狭いかもしれません。

ただ、自分が出向かなくても向こうから色々な人や神様、騒動が近寄ってくるので、行動範囲の狭さはほとんど気にならないのではないでしょうか。

今回の作品を作るに当たって、自分でも色々料理をしました。

最近では便利な調味料も多く、それを使えば面倒な計量をしなくても美味しい料理が作れます。私も作中に出てきた料理を色々作りましたが、ずぼらな小説家が作ってもちゃんと美味しいものになる商品を開発したメーカーの人には感謝しかありません。

それと同時に、肉や野菜、その他の食品を作っている生産者の皆さまにも感謝の気持ちが湧き上がってきました。

料理を調べていく中で、その料理に使われている材料を調べ、さらにその材料の逸話なんかも知り、自分が普段口にしているものがどれだけの努力で支えられているのか、少しだけ理解できました。


そんな感謝の気持ちを延々と書くあとがきになってしまいましたが、この作品が読者の皆さまの『食』に少しでも変化を与えられたら、作者としてとても嬉しく思います。

令和六年九月　食生活が改善して体重が落ちた　白沢《しらさわ》戌亥《いぬい》

山荘を買ったら、異世界の神域につながっていました
～山暮らしを満喫していただけなのに、ちょっとグルメな神様専属料理人に認定されています～

2024年9月27日　初版第1刷発行

著　者　白沢戌亥

発行人　菊地修一

発行所　スターツ出版株式会社

〒104-0031　東京都中央区京橋1-3-1　八重洲口大栄ビル7F
TEL　03-6202-0386（出版マーケティンググループ）
TEL　050-5538-5679（書店様向けご注文専用ダイヤル）
URL　https://starts-pub.jp/

印刷所　大日本印刷株式会社

ISBN　978-4-8137-9367-0　C0093　Printed in Japan

［白沢戌亥先生へのファンレター宛先］
〒104-0031　東京都中央区京橋1-3-1　八重洲口大栄ビル7F
スターツ出版（株）　書籍編集部気付　白沢戌亥先生

外れスキルでSSSランク魔境を生き抜いたら、
世界最強の錬金術師になっていた
～快適拠点をつくって仲間と楽しい異世界ライフ～
1
著｜マライヤ・ムー
今井三太郎
蒼乃白兎
画｜福きつね
最強のラスボス達を仲間にして
人生大逆転!!!
グラストNOVELS